客家新釋

◉葉國居／著

聯合文叢 615

目次

自序

我出身財稅，三十年來，始終沒有忘記自己對文學的夢想。數字和文字之間，我已經很難用時間的天秤來恰如其分。工作太繁重，理想如夢輕。我覺得自己是一個不切實際的瘋子，作家路遙不可及，偏又笨得學夸父逐日。五十出頭了，夢想還在年少。

在文學書很難銷售的今天，我的第一本散文集《髻鬃花》，由聯合文學出版社出版後，市況尚佳。有一天，我八十多歲的老母親問我，出書一共賺了多少錢？她問得陡然，我應得惶然。怕是說清楚了，作家這個頭銜就糊了。這數字很脆弱，我放在心裡的最深處，洩密這個辭彙，比想像中可怕。一路走來，我買書的錢，比寫書賺的錢還多，但我仍努力維持她心中的兒子，一個風光作家的假象。

二〇一四年，我得到台灣文學獎〈客語小說金典獎〉，得獎通知的前一個禮拜天，我回客家莊。母親告訴我，前一天，她如何制伏一尾侵門入戶的眼鏡蛇。她蹲著，將手掌舉到鼻尖，手心面向我，開始用她的屁股搖圈圈。

「係嗙胲蛇，捲成一蕾花。」她用客家話向我說，那蛇尾巴捲成一朵花。嗙胲蛇，客家語，指的是眼鏡蛇。嗙胲，膨脹喉嚨的意思。母親表演得很傳神，牠膨脹立起的喉頭，她豎起的手掌如飯匙。牠盤地劃下地盤，她屁股定點晃圈。懍然，威武，不可侵犯。

眼鏡蛇就在我們家狹長的天井中進退不得，杵在我父我母的中間。父親耳背坐在屋內，任母親喚破喉嚨依然不動如山。母親原希望嗙胲蛇自動離開，牠卻逗留、對峙。她深恐牠轉向屋內攻擊父親，在不得已的情況下，鼓起勇氣，拿了長棍，一竿就範。

一竿，我聽了很害怕。除了母親敘述細膩的情節外，我想起了文學在我家，其實也是一樣的。懍然，威武，看似風光不可侵犯，又脆弱得可憐。母親把牠一竿就範，同樣的一句話，也可讓我無所遁逃。能賺多少錢？真是不堪一擊呀！之所以會不斷的寫，不求聞達，不論回報，只是一本初衷的傻勁也罷。

二〇一三年，獲聯合報文學獎散文大獎後，決定不再以華文參賽，做個作家，不做寫手。但我沒忘記自己是客家子弟，我很努力希望可以弘揚母語，但在同一時間，我又陷入了兩個擔憂，一來怕純客語漢字的文章，恐怕是曲高和寡。再來以客語漢字為文，在台灣目前比較沒有發表的機會，更遑論出版上市後能在書局上架。與其高山流水卻水清無魚，倒不如以華文來書寫客家，將客家老祖宗道地的語言辭彙參雜其中，讓更多的讀者親近客家話，感受客家老祖宗的智慧結晶。

五年級生，經歷過客家話被打壓的年代，政府推行說國語運動的那年，我讀小學三年級，在學校講客家話，必須要把自己手中的榮譽卡，讓一張給發現你說方言的那個人。我曾經在上課時，情急下說了一句客家國語，同時被六個同學識破，後來索性自暴自棄，口不設防，十張榮譽卡在開學沒多久就用罄。接下來的日子，同學完全不想舉發我說客家話，因為浪費唇舌又毫無所獲，我如獲恩典。學期末，老師要懲罰在說國語運動中表現不好的同學。剛好那天我當值日生，除了擦黑板、教室灑水、還要和高年級的值日生，共同負責焚燒學校垃圾坑中的垃圾。學校晨間打掃後，落葉滿坑，為了讓這些垃圾加速燃燒，我以赤腳掃落葉，如同船犁大海，水花四濺，灰燼紛飛，何等壯烈呀！等一下就要被懲罰了。沒想到上課後，那些垃圾灰燼發作了，搞得我雙腳奇癢無比。老師的竹枝打得我舒服極了！年紀還小，我一點都不覺得痛。

說客家話，如今對我而言，是一種暢快，也是一種溫情。在這個年代，母語就如同母親給遠方遊子的懷抱，在沒有客語的國度裡，旅居在外就像遊魂。屢屢在異鄉聽到有人用客家話交談，竟有一種失而復得的欣喜。我深深覺得政策如一把無形的利刃，一刀揮向未來。四十年後，我老是許久才恍然發現，周遭熟悉的朋友也是客家人時，方才驚覺那竹枝打得我心中又痛又疼。二〇一四年，我以〈禾夕夕〉一文獲得九歌年度散文獎，這篇文章是我描寫客家莊的真實故事，我從文學家阿盛老師手中接獲獎座的時候，百感交集。大學時就離開客家莊，在擾攘的城市服役，婚後定居台中，似乎與客家莊漸行漸遠。那般若隱若現的疏離，這般載浮載沉的淡淡憂傷，在此刻凝結成心中的鬱壘。客家書寫像是一種使命，澎湃的心潮排山倒海而來。

「書法未必盡師古，文章重在能通今。」我相信，客家話經歷幾千年，現代的思維要比一味懷古更引人入勝，以古看今，或是以今看古，都有無限的可能。將近六十篇的拙作「客家新釋」，悉數在聯合報副刊發表，獲得很多的插曲與迴響：副刊迴音壁中，有讀者撰文的共鳴，也有數家文學雜誌、高中教材選錄取用。我的辦公室經常接到陌生者的來信，分享閱讀的心得。這些來信者，除了客家族群外，更多是非客家族群，他們從我的客家生活故事裡，引發了對客家莊的好奇與遐想，想要到客家莊一遊，一覽客家風土人文。也從我的文章裡，學會了些許的客家話。

感謝聯合報副刊長年刊登。感謝讀者耐心支持等待。感謝爸媽與家人，仍然以我寫作為榮。這本書在許多人的期待下終於要出版了，我自詡《客家新釋》是我們身邊的生活文學，它和台灣這塊土地相愛又親暱，淚根與笑眼，都帶著斯土芬芳。不過我還是很擔心銷售量，那條眼鏡蛇依舊魂縈夢牽在城市的夜裡，擾得我心神不寧。我不想沽名釣譽，當個魯迅遺囑〈死〉裡的空頭作家，那是他交代自己的孩子，倘無太多才華，應找一點小事幹活；我也不要像普希金告訴他的妻子那般，如果女兒瑪麗亞幻想寫一首詩，就一定要「狠狠揍她一頓」。作家這麼努力，文學又是這麼不容易，還有誰躍躍欲試，想要做個假象的風光作家呢！畢竟書有人看，有人讀，才會更有動力認真的寫。

我心摯禱，是為序。

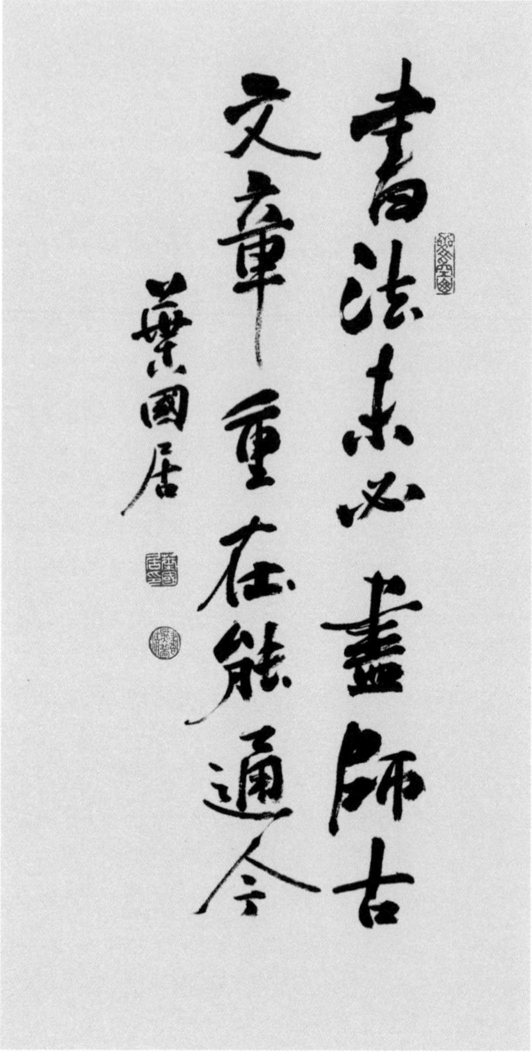

書法未必盡師古，文章重在能通今。葉國居。

發豬頭皮

客家莊有一虎，甚瘦。但此虎了得，可不是馬馬虎虎的，牠食所當食，從未作非分之想，算來是瘦而有節，深受人們尊敬。

父親以虎為師，把老虎拱在牆上。從我們家每年過年時，千篇一律的一對春聯：「人要立志虎要威，虎瘦雄心不可摧」看來，老虎在客家莊的形象高高在上。我覺得這根本不像對聯，沒對仗，沒平仄，應該只算是一句勵志的話。父親把它當門聯貼，且故意把「虎」字中的儿，寫得瘦巴巴的，又翹起了尾巴，彷若迎風就會飛起來。果然，我們家的春聯，通常是在元宵節過後，在左聯上方的虎頭處，就會率先被風吹落。

這要怎麼立志呢！如此弱不禁風。究而言之，是父親太相信古人了。他晴耕雨讀，每個下雨天，一個人在東廂房的窗下讀書，被古人誆去了。讀到「虎瘦雄心」便稱讚老虎，讀到「過街老鼠」又罵起老鼠，並不時會掉書袋子向我說教。有一次月考，我成績一落千丈，班導黃勤英老師，乘著我的父親與其他農戶換工割稻子時，剛好那日工作的地方，就在學校的圍牆外。老師乘著下課時，跑到田頭向父親告狀，說我在學校當班長不當榜樣，帶頭玩彈珠。是日，我在父親回家前就睡著了，他回到家後帶著怒氣把我叫起床，接著又把老虎請出來說教。沒想到我竟然在迷迷糊糊中反駁了父親：為什麼要把山上會咬人的老虎當榜樣，又為什麼不學田畝中不會咬人的老鼠。話還沒說完，父親比老虎還老虎。

就在第二天，我阿哥一覺起來，整個右臉頰癡肥臃腫，並不斷的流淚，彷彿昨夜他才是被父親教訓的人。正值農忙時期，父母一早就出門，阿哥哀哀叫疼，我很仔細地看出他的左右臉頰，竟然大小不一樣，翻箱倒櫃從抽屜裡找了一罐萬金油，塗在他的右臉頰上厚厚一層。一連三天，阿哥鎮日昏沉，根本就等不到父親回來就睡著了。第四天夜晚，我夢見阿哥的臉腫得像豬八戒，傻乎乎追著學校的女生跑，怎麼會變成這樣呢？發現自己忽略阿哥的病情數日了，滿身大汗驚嚇而起，連忙告訴寐中的父親。父親把哥哥叫起，仔細端詳後立斷。

「紅水筆拿來。」父親以客語向我說，要我去拿紅色水性簽字筆來。

「紅水筆？」我一時怔住了，想必是父親說錯了，反問父親：「應該係紅藥水啦！」

「係紅，水，筆。」父親字字篤定，接著又說：「你阿哥發豬頭皮咧！」

發豬頭皮，客家語，意思是患了腮腺炎。發，生長也。只是我心中納悶，腮腺炎和紅水筆何干呀！沒想到父親對付豬頭皮有驚人之舉，他以紅筆在阿哥最腫起的臉頰處，畫了一個直徑大小約五公分的圈圈，在那個圈圈裡面，寫了一個偏瘦的「虎」字。圓圓的虎圈，到了學校後就變成動物園，紅腫臉頰上老虎的瘦容，吸引眾人的目光。阿哥不敢擅自拭去，只因為在客家莊，長輩們一致認為，老虎是吃豬頭皮的。

我開始重視阿哥的病情了。中午到他的教室，看見阿哥臉上的汗水，將簽字筆的線條暈成一片血紅，血肉模糊中，瘦虎穿梭其間，型體依稀可辨。到了第七節課降旗前，我在操場找到正在打球的阿哥，發現他的豬頭皮明顯消退，更驚訝的是那隻老虎，已隨著淋漓的汗水揮灑而去。我貼近阿哥的臉頰遍尋不著牠的蹤跡，方才見識到一代瘦虎在客家莊的氣節與威力。頓時，心中肅然起敬，司令台上旗正飄飄。

虎瘦雄心，果然不是蓋的。直到今天，老虎在客家莊依舊是小孩立志的榜樣。

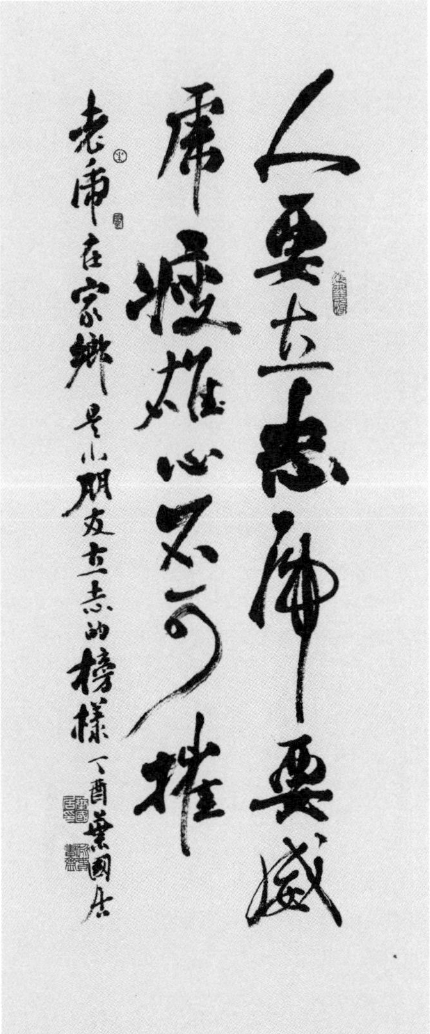

人要立志虎要威，虎瘦雄心不可摧。
老虎在家鄉是小朋友立志的榜樣。丁酉　葉國居。

嗙卵

老家磚造的平房，屋頂的瓦片依偎相連。在雜物間的上方，有一塊玻璃悄悄置身其中，像是成語中的魚目混珠，時間一久幾乎讓人以假亂真又習以為常。我從不關心那塊玻璃是如何與眾不同，就如同在客家莊，清一色的瓦片沒有各自的名字，或是它們早就已經隱姓埋名，悶不吭聲，你很難用點名的方式，來確認它的存在。

自從我們家的不速之客會偷吃雞蛋的大南蛇，被眾人合力逐出家門後，母雞阿丹在雞寮內，連七天生了七顆蛋。牠雞冠挺立，散發出一股難得的母性光輝。當牠生下兩顆雞蛋後的那天，阿丹開始咯咯咯咯的叫著，彷若告訴公雞，快來配種呀！依據阿婆的說法，配種後翌日生出的雞蛋，最容易受精，可以孵出小雞來。她和牠，哈哈哈哈與咯咯咯咯，幾乎在同一時間笑瞇了雙眼。

產蛋期結束後，阿丹旁若無人窩居在小小的竹籃裡孵蛋。約莫幾天過後，正午烈陽如漿，我從禾埕鑽進屋子，雜物間黑湫湫的。那塊屋頂上的玻璃，篩下如注的日光，黑暗的濃稠與白光形成明顯的對比。我沒留意到阿婆就坐在白光的外圍，她以臉盆盛了雞蛋，當她以手指端起了其中一顆，放在那道光中，我在瞬間中受到驚嚇，旋又被那股極其安靜又肅穆的氛圍鎮住了。

她把手舉得高高的，仰頭，以指腹緩緩轉動蛋身，專注端詳。我湊近她的身旁，循著光源，恍然若悟那塊玻璃的存在。從某一個角度看來，它是我們家白天的一盞燈。在四周沒有窗戶的雜物間裡，阿婆以白光照蛋，以日光透析蛋的內裡。受精的蛋可以看見鮮紅的血管，初成的胚胎；沒受精的蛋，則能看清蛋黃的陰影。在暗室中假一道天光照蛋，如同上帝伸出造物的雙手，那樣感覺是安靜又神聖。多年以後，我屢屢想到這一幕時，便會不由自主與皮影戲做了連結。阿婆好像就是皮影戲的操作者，透過白光的照射，她轉動世界，是一齣生命劇情的伊始。

五顆胚蛋，其餘二顆是未受精蛋，這個結果好像早就被阿婆料中了，在哈哈哈與咯咯咯之間，預言和事實經常不謀而合，幾年下來，時間是最好的驗證。阿婆將那五顆蛋放回原處，讓阿丹繼續孵出小雞來，未受精的雞蛋，就乘鮮成為桌上的佳餚。在吃一顆雞蛋都算是奢華的年代，我滿心期待那一頓夏夜的晚餐，彷若從臨暗的禾埕，就可以聞到晚風飄來的灶頭蛋香。

「該雞卵，細人做毋得食。」阿婆將菜脯煎蛋端上桌，翻過頭來，鄭重與我們兄弟姐妹，以及眾堂兄弟姐妹告誡：小孩子不能吃。

「仰般細人做毋得食雞卵？」我滿心期待成空，不甘示弱的反問。

「該係嗙卵，細人食了會變憨，會讀書毋識。」阿婆斬釘截鐵這麼說。

天下間竟然有一種小孩子吃了會變憨的雞蛋，令一向重視功課的我，心存戒懼，忍住了嘴饞。嗙卵，客家話，專指被母雞孵過的未受精蛋。嗙，方言，音讀「ㄆㄤˇ」，浮誇、吹牛的意思。從客家人的角度看來，認為這種母雞孵過的未受精蛋，根本就是一個不精實的空包彈，膨風無料，再怎麼孵化、培育也不會成材。

畢竟蛋是吃進人的肚子裡，與腦何干？又何必牽連一隻母雞孵過的雞蛋呢！我想最大的可能，是阿婆孫輩成群，如此珍饈難能盡平，於是胡謅一段瞎話，穿鑿附會一番。大人們全都沆瀣一氣，講久了就變成真的，像客家莊的約定俗成，不容輕易改變。老叟吹泥嗙，小子遠嗙卵，如今觀之，全都是閒扯蛋。

鱸鰻頭

寓言故事中，禽鳥國有一隻小雞咯咯咯的到學校上課了。牠的導師，是操啾啾啾語言的鳥秋。那些年，禽鳥國正如火如荼推行啾啾啾的說國語運動。

「老師說咯咯咯的方言難聽死了，沒水準。文明年代的禽鳥，要講啾啾啾才對。」雞小弟回家這麼說。

「不要鳥牠。」雞爸爸這樣告訴雞小弟。

不要鳥他，這句話父親也說過。那年，學校發給每個同學十張「說國語榮譽卡」，如果你發現有人在學校說客家話，就可以向對方要一張。當學期結束後，班導師要統計張數排出名次。全校前十名，校長要親自頒獎表揚。

同班同學說方言慣了，一說起國語，上下顎就兜不攏嘴，而且特別容易口燥唇乾，這種病好發於客家莊，正在學習講國語的小孩子。這一節下課，同學們各個口鉗舌捲，像是失去了說話的能力，整座校園安靜無聲。我鎖定班上的長舌男阿寶，料中他等一下玩彈珠時，一定會跟同學吵架，血脈賁張時必定會失去理性。此刻，方言就會從他憤怒的嘴裡噴出來，像是暴雨來襲，洪潮滑起的浪頭越過茄苳溪的攔沙壩，一發難收。我守株待兔，準備將他一舉成擒。

果然不出所料，下課後第七分鐘，阿寶和葉阿得吵架了。阿寶把葉阿得推倒後，握緊了拳，睜起鷹眼，像極了對準獵物即將發動的狼。我迫不及待等他出聲。

「放學後，叫鱸鰻頭來修理你。」阿寶在校園裡顯然有所顧忌，但還是嗆聲了。意思是說，他放學後，要揪人來教訓對方。

我當下把他講的話，心裡逐字重複默念一遍：「放、學、後，叫、鱸、鰻、頭、來、修、理、你。」心裡非常訝異，阿寶竟然沒說一字方言。一直到下午最後一節課，猛然發現，阿寶今天罵人時講出來的「鱸鰻頭」是客家話呀。霍時，頭皮如遭電擊，一路麻到背脊。

鱸鰻頭，客家語，指的是流氓。我非常後悔，未在第一時間察覺。阿寶的客家國語，竟然可以像杜甫詩句中「隨風潛入夜，暗夜細無聲」一般，在神不知鬼不覺中，潛於無形，融入了台灣標準國語。又像是一種障眼法，以瞞天過海之姿讓人無法看出破綻。心中折服，但心有不甘，我決定勇敢舉發。

「老師，阿寶今天早上下課時有說客家話。」我舉起右手，打斷了老師的滔滔不絕，同時將左手指向阿寶。

「我哪有呀！老師我沒有，他亂說。」阿寶大聲辯駁。

「有。你有說放學時，要找鱸鰻頭修理葉阿得。」我理直氣壯告訴老師。語畢，有六個同學幾乎在同一時間，警覺「鱸鰻頭」是客家話。為了一個鱸鰻頭，我瞬間失去了六張榮譽卡。臨暗十分，斜陽悲壯，我淚灑校園。發誓這一輩子，絕不與流氓為伍。

父親知道了原委，非常不悅。他和雞爸爸一樣，要我別鳥學校推動的說國語運動。這是記憶中，父親唯一准我和學校政策抗衡的一件事。

寓言故事中的禽鳥國，數年後，主流的語言不再偏雞，啾啾啾蔚為時尚，咯咯咯早已少有聽聞。政策像一把利刃，戕害語言文化，歷月經年越現鑿痕。我心頭一震，突然聽到我一雙兒女，大光與小羽，正與阿婆用國語話家常，心中一把無名火湧上來。

「回鄉下，為什麼不講客家話？」我大喊過去。

「每次講客家話時，容易口燥唇乾。」大光有些不爽，直朗朗的應我。我一時目瞪口呆，不知道接下來，自己滴哩嘟嚕說了些什麼。

食秤頭

偶在臺中水湳市場，見一老農以桶裝數條鱔魚市鬻，牠們在微潤的桶中纏綿如腸肚，相互摩擦、擠壓，咕咕作響。猛然一股腥羶嗆鼻的味道，將我帶回童年漆天墨地的夜裡。

黃鱔晝伏夜出，淺水穴居，鍾愛客家莊的水稻田，牠們在地頭地腦打洞。我一向不喜歡在白天直搗黃龍活捉牠們，倒是在星光燦燦的夏夜，我會無聲無息、躡手躡腳，出其不意用探照燈照射夜晚出來乘涼的黃鱔。牠當場被鎮住了，待其回神卻為時已晚，牠早已落入我右手的斷掌中無法掙脫。抓回來的鱔魚，通常我會先放進缽頭內，將牠推入黑湫湫的床下，滑溜溜的身子，鑽動出腥臊的白色泡沫，是我童年夜裡發財的夢想。

我老早就發現一個秘密，水稻田中的鱔魚洞，就像家門一樣，是黃鱔出入的必經之地。黃鱔的家門圓圓的，滑溜溜中帶些白沫，一般人不容易識別。我心中暗算，只要白天在阡陌縱橫的田畝上做上記號，那麼夜晚抓黃鱔就可以守株待兔了。但這個發財的夢想在還沒有實現前，就被一支秤子擊潰了。

午後，我在埤塘底的那畝田，發現了一個光溜溜的圓洞，比手指腹還要大出許多。依我的直覺，這是黃鱔的出入孔，卻又大得不太尋常，心中有些許納悶，說不定是水蛇的家呀！那個不確定的夜晚，夜黑風高，後院竹林影影幢幢，蟋蟀嚁嚁的叫著，我背著厚實的夜色，踽踽來到了那畝田。瞬間，擰亮了大手電筒，一條大黃鱔正豎身將頭伸出水面來。手電筒的光圈將牠團團圍住，牠一時頭暈目眩，當我伸手要抓住牠的剎那，突然又縮手了，客家莊怎麼可能有這麼大的黃鱔呢？眼看牠就要回神鑽回洞裡，我連忙再次出手，在頑強的抵抗中將其就範。好長好長的一條黃鱔呀，應該超過五十公分吧！狂奔回家，大哥看見後嘖嘖稱奇，取下掛在牆上的秤子，一秤，十二兩。我覺得自己就要發財了。

次日一早，我提著牠要賣給村子裡唯一收購鱔魚的商人。那人嘴角一揚，拿起秤子，提起其中一個秤耳，鐵鉤勾上了塑膠袋後，匆匆就事。

「六兩。十二塊錢。」商人高大，我矮小的身子壓根兒就看不到秤桿上的刻度，但我馬上警覺到秤桿的尾端翹起了商人的心眼，那根本就是沒有平衡的交易呀！他尚未經過我的同意，就逕自把大黃鱔放進桶中，隨手取了十二個銅板遞入我的手心。

「不對，明明我昨夜秤過，是十二兩呀！」我大聲的反駁：「我不要賣。」接著把那十二枚硬幣放回他的桌上，「哐」一聲響，商人的眼睛像一頭生氣的牛。我聽同學說過，他的秤了會吃小孩子的肉。我不理會他，我也不怕他，蹲下，撿起塑膠袋，從大桶中抓回那條鱔魚，在他的眼前，擲向大排的水中。淚眼婆娑，一度比流水還急。

此事不脛而走，凡知情的長輩，都說那個商人食秤頭，並藉機為我的勇氣大肆讚揚。食秤頭，客家語，指的是偷斤減兩。事件之後，我不再做發財的夢，因為我找不到村裡第二個收購黃鱔的人。聽說那個商人此後也生意直落，其後索性改行，在客家莊消聲匿跡。

母親從未對我這件事做過評論，只淡淡的說：秤頭係路頭。依照我當時的理解，大概指的是做買賣的人，要斤兩公正，路途才會長遠。路頭，就是路的開端呀！如今我的工作不需用到秤子，卻經常自我期許心中也要有一把公正的秤。大黃鱔事件後，我意會到秤子上的兩個秤耳，是要留給別人探聽的。在鐵鉤的誘惑中，更要看清桿樑上的刻度與分寸，那才是人生要行穩致遠的唯美開端。

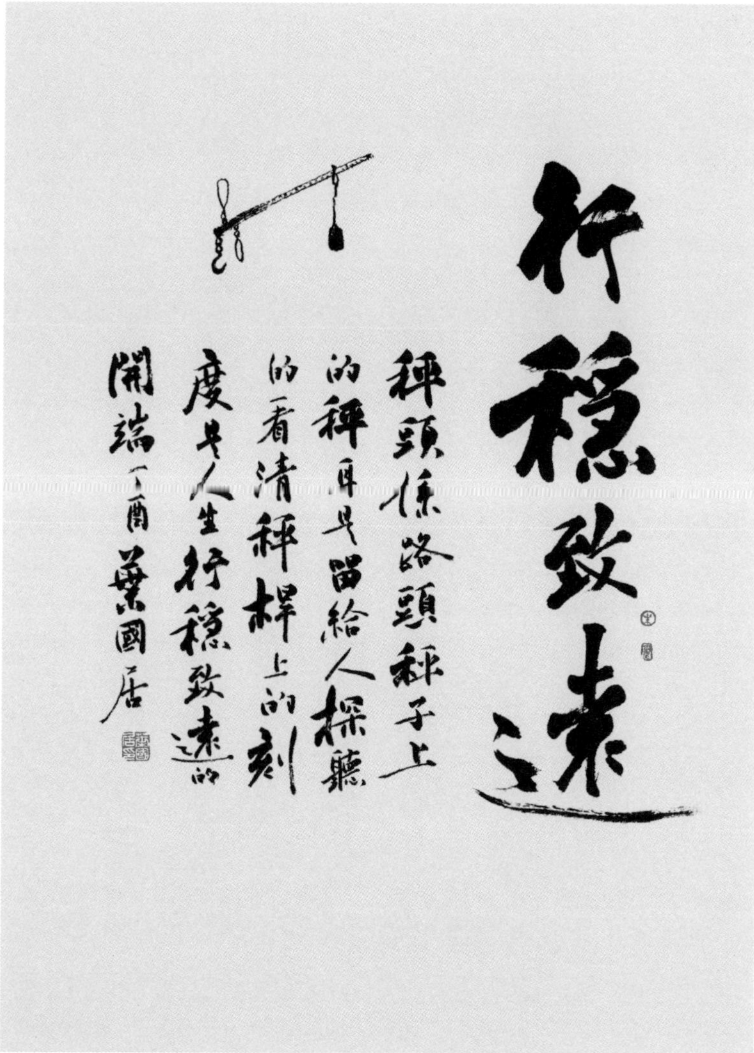
行穩致遠
秤頭係路頭秤子上的秤耳是留給人探聽的看清秤桿上的刻度是人生行穩致遠的開端
丁酉 葉國居

行穩致遠

秤頭係路頭，秤子上的秤耳是留給人探聽的，看清秤桿上的刻度，是人生行穩致遠的開端。丁酉 葉國居。

田頭伯公

客家人稱「伯公」，指的是祖父的哥哥，在家族中輩份崇高。還有一種長年住在田畝邊的伯公，祂們形貌各異，沒有鎏金鎏銀的華麗，只由一塊大石頭，三筆兩線勾勒而成，或出自簡單的泥塑，蝸居在田間由石頭堆砌的一爿小屋中。客家莊的小孩喚祂為「田頭伯公」，是客家人眼中的土地神。

ㄊ的祖先當年渡海來臺，在北部的縣市以農為業，一時無神可拜，田頭伯公簡易的形象，就此成為信仰。伯公端坐、拄杖，在阡陌縱橫的田畝間，微笑卻含而不露。ㄊ每次都煞有其事的告訴別人，他們家的田頭伯公，只要你和祂單獨相處，祂就會對著你笑，而且曾笑得很大聲。這個說法令人發噱，也從來沒有人發現這個奇特的事，咸認為是ㄜ小兒夢囈，鬼扯懶淡。

ㄜ大學一年級時，家鄉都市化了，推土機在田畝間來來去去，許多田頭伯公被迫搬離家園。祂們帶著自己的殼，像蝸牛一樣，一舉被搬到更遠的公園處，和十多個來自四面八方的土地公一起合署辦公。合署辦公是這些年流行的新詞彙，指的是好幾個政府機關，集中在同一處辦公。數年之後，ㄜ服完兵役考上公職，被分發到中臺灣一個城市的合署辦公大樓上班。有一天，ㄜ突然心血來潮，想要回故鄉找祂，看看田頭伯公們究竟是怎麼合署辦公的。ㄜ在車水馬龍的公園處找到了祂，他一眼就發現，當年田頭伯公的笑容不見了，看起來憔悴許多，有一種餐風露宿的疲憊，帶一些迷途的憂傷，就像是一個水土不服的人，渾身上下都不來勁。

究竟這些年來，土地公的笑容遺落到那裡了？照常理說來，家還在呀！應該沒有鄉愁才對。就在那一個夜晚，那尊田頭伯公的神像不翼而飛，有人懷疑遭竊了，到派出所備案。警察一連三天搜尋未果，唯一發現的是，每個夜深人靜時，在ㄜ家祖田田畝的舊址上，那早年阿婆的絲瓜棚，如今已被搭建成高聳聳的天橋下，會出現一個老人。髮白，拄杖，沉默不語。警察先生問他從那裡來，又要到那裡去，需不需要幫忙他和家人聯絡。老人一律低著頭，看似千頭萬緒，卻只說了一句話，就是他想要回去當年的田畝地。

警察很擔心，這個人是不是失智了？在這個現代化的城市裡，青青田園早已遙不可及，又相見無期，他一定是迷路了。警察拍了他的相片，四處讓人指認。城市裡的新移民，都說沒見過　世代住在這裡的在地人，卻異口同聲的說似曾相識，但左思右想，抓破頭皮　就是想不起這個人究竟叫什麼名，又不知過去在哪兒看過他。就在眾人數不清的疑問中，第四天老人沒來了，只留下來一支杖。

那個晚上，公園裡的土地公神奇的回來了。眾人焚香膜拜，慶幸土地公在流浪之後毫髮無傷，唯一遺憾的是祂的拐杖，好端端的卻不見了。明明就是一體成型的石刻，究竟是哪兒來的鬼斧神工，竟了無鑿痕。

「可能土地公住不慣，想回田頭住了！祂的拐杖一定是丟回從前的田園了。」眾人喧譁，其中有一個老人這麼說。

「土地公還是擁有原來的房子呀！怎麼可能住不慣呢？」里長伯拉長了脖子反駁。

「房子就只是房子呀！佔有不等於擁有，享受不等於感受。」老人深不以為然，又大嗓門的叫道：「土地公是土地連心，又心連土地的呀！」

語畢，突然數聲哈哈哈的笑聲，像是這個老人的論調，說進了某人的心坎似的。笑聲在人群中擴張出來了，大夥兒東張西望，卻找不到源頭。ㄜ發現那聲音渺遠，又近在眉睫，旋即往小石屋一看，是田頭伯公在笑。那久違的笑聲呀！

核卵幫剃頭刀

早年，在客家莊辦桌的大廚師，一般人慣稱為「煮食个」。牙醫師，則被叫成「整牙齒个」。整，修理的意思。這好像將已經很白話的詞彙，又再具象的解釋一番。意不在貶，只是畫蛇添足了。

從事理髮這一行的人，客家話素以「剃頭師父」來尊稱。師父級的地位，無人挑釁，我觀察許久，至今尚無好事者再為其人補贅，諸如「整頭整面个」、「刮人鬍鬚个」。我想事出必有因，師父，絕非浪得虛名。

阿亢師是客家莊理髮業的代表性人物，他包辦了整個村莊男生的頭，以花布裹著剃頭工具繫在肩頭，單車一蹬，越過竹林、小溪，從田埂而來，又從壟溝畦背而去，他算來是本莊單車特技的開山始祖。即便如此，他在我們同儕的眼光中仍然反應兩極，理頭髮這件事，小孩子是愛恨分明的。阿亢師沒有營業店面，採到府服務制，十天一回，快慢差不過一日。你摸不透他何時會出現，再加上他的單車技術高超，路線隨喜，行蹤飄忽，讓不愛理頭髮的小孩子也插翅難飛。

理髮師包莊包頭又包年，月來三回，你可以愛理不理，但每至年終酬勞照算。一個頭，穀十斤。在沒有網路的童年，我就有定額吃到飽的概念，小平頭十日一理，至今早已養成定時剪髮的好習慣。我的同學小譚就不這麼想了，他理髮時，像一條蠕蠕而動的小蟲。他覺得阿亢師的手動理髮器，在他頂上推進、提起的瞬間，會出其不意咬他的髮。剪落的碎髮，又如同鬼針草，囂張糾纏他的頸項。坐在圓凳上，他嘴角會盲目打顫，不時傳來哎呀哎呀的叫聲，像是一個受虐的小孩求助無門，接著眼淚就撲簌簌的滑落了。他真的不愛理髮，但阿亢師偏偏愛理他的頭，這中間帶些教訓的況味。大人們經常同一個鼻孔出氣，會乘著阿亢師來的時候，先把小譚叫住，以免一眨巴眼他就不見了。

其境堪憐，但沒人同情。基於同學之愛，我暗中察得阿亢師工作的路線洩漏了慣性。我和小譚家隔著一條茄苳溪，阿亢師通常會先到我家，再到小譚家。再來，阿亢師不走大道水泥橋，偏愛耍特技，截彎取直越過上游的攔沙壩，抄捷徑到小譚家。我因為在家排行最小，通常是最後一個才輪到我理髮的，理完髮後，乘著阿亢師整理行頭時，我會若無其事擺脫眾人的視線，繞過後院的竹林，狂奔到水泥橋，再衝到小譚家通風報信，讓他在阿亢師未到前逃離。我覺得自己好像在演連續劇，雖與阿亢師各走其道，但還是撞頭了。有一次在我掉頭回家時，在小譚家曬穀場的尾端，被阿亢師撞個正著。他一臉疑惑，像是懷疑我會飛似的。

壞事降臨前總是天生異象，小譚相貌越來越像野人。溽夏時節，客家莊午後連番暴雨，學校儀容檢查，主任對著小譚大發雷霆。班導師揚言要做家庭訪問，小譚父母也覺得事有蹊蹺，那有這麼剛好，阿亢師來，小譚就不在。還有，阿亢師每次遇到我，眼神居高臨下充滿睥睨之意。或許是心中長鬼了，我欲言又止的向班導師招了供。

「你拿核卵幫剃頭刀呀！」老師驚訝我怎麼會做出這種事，並嚇唬我說，剃頭師父會對我不客氣的。

核卵幫剃頭刀，客家語，意思是拿睪丸來磨利剃刀，比喻不自量力，不知道危險。幫，磨擦也。學校那年正在推行禁止說方言的運動，但這樣粗俗的話，老師卻在一氣之下，劈哩啪啦就從嘴裡迸了出來。我哪裡不怕呀！師父就是師父，那剃刀在臉上游刃有餘的技術，我哪敢拿核卵幫剃頭刀呀！

其後連續兩次，阿亢師到我家時。我，剛剛好，不在家。

老確確

我有一個忘年之交，今年八十七歲，仍是一家報社的扛鼎人物。民國三十八年，他隨著國民政府來臺，離開家鄉廣東河源縣的時候，媽媽拉著他的手，不讓他走。你走了，我要靠誰呀？媽哭著說。他告訴媽，再不走就來不及了，我還會回來呀。每次他告訴我這個故事時，骨碌碌的眼睛，立時滾出淚珠來。

七十八年，政府開放大陸探親。他踏回河源客家莊時已親故全無，無人相識。祖房已拆，地貌重洗，他急呼呼的來回繞，打圈圈。這一趟他想要雙腳踏回老家的原址，站在當年離開媽媽的地方，向她說，我回來了，卻如何也找不到老家的座標。就在這個時候，他看到了一棵茄苳樹。十歲時，他在家門前，拿著斧頭，把百年的老茄苳砍了一個大凹洞，母親要他別再砍了，說那是茄苳的皮，茄苳的骨肉，它會痛的。四十年後，那凹洞還在，頓時眼前一片茫然，心湖的浪潮兜頭就起。他怔怔地坐在樹蔭下，坐回了年少的天地，心如刀攪。晚秋的茄苳樹落葉雜亂紛飛，悄悄地轉為楓紅。

「老茄苳，老確確。」他抬起頭時，又哭又笑，用客家話對著我說。確確，又老又硬的意思。從動亂的大時代到太平年，那棵茄苳樹一直堅定的等著他回來。

茄苳是客家之樹呀！我也告訴他一個故事，我的家鄉在北台灣客家莊，也是茄苳之莊。老家前面是茄苳溪，沿線住著客家人，村頭村尾上屋下家一片茄苳樹。服務公職財產申報時，赫然發現老家的土地權狀登載的地號也是茄苳段，這一生我似乎離不開茄苳了。對客家莊的孩子來說，茄苳樹下是童年的玩耍地，褐色的漿果若串串的葡萄，是鳥類的美食。莊裡有人膜拜茄苳樹神，

「樹頭伯公」也是我們的土地公。我常想，是不是每個客家莊的小孩，都會有一棵記憶的茄苳。

我念中壢高中時，阿婆在中壢小叔家住，偶回觀音鄉下，第二天她會與我搭同一班車。車子從觀音出發，行經新屋再到中壢。中途有一個站名叫「過嶺」，顧名思義，應該是一個山坡地。車子每每停靠在過嶺站牌那一棵老茄苳樹下，我從後方隱約的發現阿婆在哭泣，她拿起手帕拭淚，怕別人看見。我一直納悶，為什麼阿婆看到那棵茄苳樹就會哭呢？這件事我秘而不宣，直到阿婆往生多年後，盤踞在那坡上的茄苳樹，仍日以繼夜的在我心中茁壯。

「老茄苳，老確確，囥著阿婆个心事。」母親說，又老又硬的茄苳，藏著阿婆的心事。追問之下才知道，早年死去的大姑，家就住在過嶺。那棵老茄苳，勾起阿婆的傷心事。也說不定那棵樹隱藏著快樂的回憶，當大姑仍在世的時候，目不識丁的阿婆，看到老茄苳，就知道車到過嶺了。赤褐色的樹皮若歷滄桑，老幹瘤狀突起了人世的顛簸，那棵老茄苳見證了阿婆的人生。傷心的淚水，快樂的淚水，日夜都在滋長。其後我每次來到過嶺，都會想起這件事，即便這些年道路拓寬後，老茄苳不見了，但它的形象仍常在我心。

老茄苳，老確確。皮老，骨硬，有血性，在客家莊懷著許多有情的故事。

吊弦絲戲

臨暗，廟口鑼聲響起，預告「撮把戲」將在黃昏後於廟埕演出。撮把戲，是鄉間迷你的野臺戲，以三兩人串起一個場子，變魔術、耍把戲，搭配賣膏藥從中牟利。在還沒有電視的年代，算得上是客家莊一項重要的夜間消遣。

附近的老粉絲，年歲皆長。有一回戲才開演，老人就哄哄散去。那一天我生平第一次看到木偶戲，木偶人經由透明絲線的操弄下栩栩如生，與我四目相對，兩兩傳情，老人們卻臉垮垮的，像是興味索然。

同年冬日，客家莊來了一個憨仔，一身邋遢，兩眼空洞無神，晃著晃著，就失魂落魄搖進廟口後方的樹林裡。林裡向來乏人問津，憨仔每次進去後，便面對著一棵老榕樹坐下，動也不動如同留在樹幹上的一只蟬蛻，林裡就顯得更加寂寞了。我每回經過那兒，會偷偷的往林子望去，看到憨仔的身影後，再拼命的跑開，彷若一不小心，便會掉進另一個世界。

憨仔出身地主之家，父親因識人不明肇致家道中落。他們家地大田廣，人丁單薄。早些年，請了七八個工人幫忙農事，收成卻每況愈下。憨仔的父親不明究理，花了一大筆錢購置肥料，企圖一舉改變貧瘠的土壤。肥料買回來之後，因為堆置保管不當受潮，硬如石卵，工人必須花上很多工夫先行搗碎再行施肥，才能透過雨水的溶解讓田畝均霑。那個工頭滿肚子壞水，每天領著工人一大早便把肥料扛到田頭，蹲在樹蔭下扎堆納涼。午覺過後，便草草令工人施灑入田。

傍晚時分，固定會有一群小孩子，手拿著一個塑膠袋，弓身在田中走動。他們佯裝是在田中撿田螺，實際上卻是去拾撿那些未被搗碎的塊狀肥料，再交給工頭換零用錢花用。那一年他們家的收成奇慘無比，憨仔的父親在真相大白的當下吐血而亡。這件事撼動了民風純樸的客家莊，許多人指天罵地的，何以心術不正、腦滿腸肥的工頭，可以如此裝神弄鬼，暗中操弄沒有思辨能力的人，最後留下可憐的憨仔，終日不語，鎮日傻傻的就坐在廟後方的林裡。

當電音三太子碰上了輕快旋律的小蘋果，在各種節慶流行的這些年，母親對這樣的音樂，那般的舞碼，不予置喙。但屢見三太子的形象，被人們綁架遊街，手舞足蹈，她卻不以為然。我納悶著，怎麼村莊內的老人家，對這類大玩偶與小木偶都不喜歡呀！而且是數十年如一日。

「吊弦絲戲，假人假鬼啦！」母親說，當年客家莊那齣破天荒的木偶戲，根本就是騙人的。我心裡很詫異，母親此說是否言重了。

吊弦絲戲，客家語，指的是提線木偶戲，又稱傀儡戲。弦絲二字，貼切至極，細而透明讓人難以察覺。正因為如此，當年憨仔事件，工頭從中做鬼，工人的舉手投足，小孩子的一舉一動，渾身上下都受控於工頭，虛偽與粉飾如同暗箭難防，這一場客家莊的傀儡戲，最終以悲劇收場。四十年了，那一群撮把戲的老粉絲早已不在，整整一代過去了，廟後方林裡的樹蔭，篩下的斑斑光影，至今耿耿不滅，陰影猶存。

如果有人再問我，何以本莊的老人家，對吊弦絲戲嗤之以鼻，又對電音三太子那個大玩偶意興闌珊。我想，應該要從憨仔的流浪說起。

床公婆

求學期間，少年ㄜ苦心鑽研元朝的歷史。他在心底開設了一個戰場，與一代天驕成吉思汗交鋒，在漠北草原上，馬嘯沙鳴，劍指英雄之臀。

明知道這個戰場是虛構的，ㄜ卻樂此不疲，像是患了強迫症。由於年少無知就如同一張白紙，早已為他毫無節制的虛構備妥了空白。他剛上國中，第一次上體育課換裝時，平常不輕易露出的臀，竟不小心被同學看見了，一塊淺淺的藍斑印記，同學們歪談亂道哈哈大笑，說那是少年不愛洗澡的結果。ㄜ與同學爭辯得面紅耳赤，最後老師向少年援手，替他解圍，說明那臀上的印記，是ㄜ與生俱來的蒙古斑胎記。蒙古斑，淡淡的，像晨霧。事發以後又像迷團一樣，將少年團團圍住，他始終走不出來。

少年家在客家莊，蒙古卻天遙地遠的，何以這蒙古人種常見的胎記，竟與他如此親暱？ㄜ開始虛構自己有蒙古人的血統，他研究葉氏族譜，明白了祖先歷代遷徙之路，可稽的行蹤僅止於中原，而蒙古還在遙遠的天邊呀！一直到了國二上歷史課時，他認識了成吉思汗，駭然發現蒙古人早就到過中原。至此，少年與蒙古彷若有了交集。有一陣子，ㄜ老是恍惚覺得自己的前世和成吉思汗似曾相識，他們並肩打過天下。

臨暗黃昏，客家莊風沙勁急，少年在家門前那棵最大的茄苳樹下睡著了。在夢中，他和成吉思汗高談闊論，卻為了是否出兵征戰西遼意見相左，一時爭執不下，最後他們決定以武功一決雌雄。ㄜ騎在馬上，拔劍從成吉思汗的腰間劃下一刀，褲帶應聲破裂，ㄜ驚見了大王的臀，眼中浮現了一塊青中帶藍的斑記，邊緣如浪的波紋好像一張蒙古地圖。ㄜ在夢中駭然坐起，手中握緊了一根折斷的乾枝。

ㄜ對夢境深信不疑，認為那是歷史課本遺落的篇章，伴隨一個種族的亡逸，故事被埋藏在荒煙蔓草八百多年後，意外的誕生在他的夢裡。隔天，少年一五一十的告訴同伴，並決定從今以後以蒙古人自居，眾人聞之大笑荒誕。ㄜ不甘示弱露臀為證，笑聲旋在他臀間的地圖中停住了，如同一塊不可入侵的版圖。眾目聚焦，一時無語，ㄜ的眼神堅定無比。

「那是床公婆做記號啦！」大胖阿呆以客家話大聲叫道，眾人彷若在夢中驚醒了，笑聲又迸裂出來。

「那為什麼會叫蒙古斑？」ㄜ握拳，脖子像吹氣一般的腫脹起來，理直氣壯，疾疾要找阿呆辯解。

「因為蒙古人住的那個地方，沒下雨，沒水洗澡，得了皮膚病呀！」阿呆直白不給情面，一夥人哄哄退去。少年愕然。

床公婆，客家語，指的是床神。ㄜ有些失落，覺得自己被床公婆捉弄了。

在他拉起褲子離開前，他低頭再細看那淡藍印記。
真的與自己不愛洗澡有關嗎？他這樣反問自己。

起癖

在我的公旅生涯中，有近半的時間是在客家莊服務的。同仁形容長官生氣，所套用的詞彙，起初都是用客語的發狂、發火、變面之類的詞藻。這些年被統一了，流行起華文的用法，如發飆、震怒。我確信這些說法，僅止於表象，如同隔靴搔癢，談不上貼切到位。

生氣都很像，但隨著時代不一樣。現在小孩子一鬧彆扭，離家出走，間有的是鎖房門、搞宅。悶不吭聲在其中打電動、看漫畫練功，像古墓派的宅男宅女，楊過和小龍女，隱在終南山活死人墓中，練就玉女心經。我小時就沒自己的房間可宅，又膽小如鼠，走不了太遠，和母親鬧彆扭時，唯一的方法就是去曬太陽。母親嚷嚷說：莫曬日頭啦！會發臭頭的。客家莊認為小孩子曬過多的太陽，會患上一種名叫臭頭的生癬疥瘡，我以此拙劣的手法威逼母親就範。一半是心計，母親在家時，我頂著日頭；母親到田裡，我揹著樹蔭。一半是妄想，我聽過臭頭和尚朱元璋的民間故事。臭頭，有機會當皇帝。

搞宅、出走和曬太陽，生氣的方法因人而異，但因出於本性，不失豐富有趣。四十年前，客家莊出了一個公務員，傍茄苳溪畔而居。他比父親年紀稍小，我叫他德叔。他在當公務員之前，是個駝子，在公務生涯的高峰，佝僂的身子竟不藥而癒。在大多數目不識丁的客家農莊裡，他顯得意氣風發，平日刻意挺胸抬頭，以身為公務員為榮。

那年夏天，村裡要開一條二米寬的農路，除了水利會的土地外，還必須經過八家農戶的田，但土地的事是怎麼樣都喬不攏，鄉公所就得大費周章，將農路繞道而行。德叔在臨暗黃昏時，集合地主，就在我們家田尾扎堆協商。眾人意見紛陳，其中一戶地主死不退讓，德叔越講越糊，身子越駝，最後他生氣了。不講話，透大氣，每深呼吸一次，肩子就往後聳了一些，身體就直了點。我眈眈望著他的身子，先如弓，後如擔，數分鐘後甩頭走人時，他的駝竟不見了。登時，那個釘子戶答應了，但德叔不理，老舊的摩拖車發動時，冒出的黑煙遮掉半個村莊，接著黑夜就來臨了。就這樣，德叔把這條農路截彎取直。協商神奇驟轉，和德叔身體的變化如出一轍。

「德叔起癖咧！」阿爸也被嚇著了，轉過頭來對我說。大音希聲，德叔不說話就是最大的聲音了。烏煙盤繞，夜神降臨，我被一代公務員生氣的大氛圍與真性情所震撼。

起癖，客家語，生氣的意思。癖，偏好也。起癖治駝，流傳至今。現在公務部門裡，如果單單依照那些老掉牙的生氣辭彙來推衍想像，大官們生氣都像是抄襲的。發火，震怒，飆罵，懲處，全用一張嘴。太樣板的矯情早被民眾看膩，應該來個起癖吧！人各有癖的本真率性，生氣的力道或許會如大江歸海，若壯氣不散。

牛眼

客家人對於果實的命名，取材生活，看圖說話。以一頭牛說起，芒果稱作「牛核卵」，牛睪丸，大小相近形狀相同。菱角叫「牛角」，活靈活現氣勢非凡。龍眼的名字叫「牛眼」，這名稱栩栩如繪，在你剝殼張嘴的時候，早就被一頭氣急敗壞的牛狠狠回瞪著。你再吃，就試試看我的牛脾氣！

既然是看圖說話，見解也因人而異。妻不吃龍眼，她生長在台中，氣候所致，龍眼大顆，肉質軟嘰嘰的，她越看越像肥豬肉，這說法有新調，眾人莫不輪睛鼓眼。我不吃龍眼，肇因童年時客家莊，僅有的一棵龍眼樹，肉薄得像蟬翼，苦澀，可能是因為濱海之故，還帶有一股鹹味。肚子餓不堪言時勉強食之，吐舌、發顫、眼臉糾成一團。聞之者敬表同情。

父親不吃龍眼，是在他過了六十五歲後。從吃，到不吃，這中間是有故事的。那年是父親和老牛，一同宣告退休後的第二年。他（牠）們被時代逼退了，一紙休耕政策，二萬元的休耕補償費，買斷父親拽耙扶犁的歡樂。他不時的在牛欄間，走過來又走過去，喃喃自語又唧唧咨咨，老牛則不時甩頭、長喘，彷若心性不定無法調適，他（牠）們同時為無田可耕而心神不寧。

冬至，一大清晨，父親盛了一顆湯圓，往牛欄方向走去。依慣例這一天，父親會餵牛吃湯圓。客家莊向來把冬至，當作是牛的生日。我站在後方，遠遠看著父親，將那顆湯圓裹在糧草中餵食，那動作是出自一種真誠的疼惜與感謝。父親在牛欄裡待了許久，等他離開的時候，我旋上前探個究竟，外頭天色早已大白，我卻在黑糊糊的牛欄中，在老牛濕潤潤的眼神裡，彷若看到了閃閃星光，看到農莊田畝無盡的黑夜。第二天，牠被載到不知名的遠方。

老牛可能哭泣嗎？我想應該是病了吧！牠不懂語言，更不可能有情思，又怎麼可能會因為悲傷而掉淚呢？倒是父親，他在情感上，把老牛當朋友，這一生他不吃牛肉，然而此後父親更不再吃龍眼了。依我直覺，可能是與「牛」字命名有關聯的果實，都會讓父親想起老牛而食不下嚥。其後我發現並非如此，父親吃牛角（菱角）、吃牛核卵（芒果），並無忌諱。幾年前，我讀契訶夫的小說《苦惱》，彷若自己在故事中，找到了父親不吃龍眼的真相。故事中的主角，老馬夫姚那，不幸死了兒子，他心裡的苦，不知道要向誰訴說，他發現整座彼德堡城市，竟然沒有一個人，願意聽他訴說悲情。最後，他只好說給母馬聽。母馬聽懂了，竟流下了眼淚。

「屋下个老牛敢會流目汁？」我迫不及待問了父親，我們家的老牛會流眼淚嗎？如果真的如此，那又是在什麼時候？

「會呀，像牛眼，多汁。」父親慢慢的以客語應我，老牛會哭，一如龍眼多汁。然後他低頭，沉思。我詫異他何不問我，為什麼要這樣問他？

我猜，龍眼會讓人觸景傷情的。此刻他正返回時光隧道，回到了最後一次餵老牛吃湯圓的場景。也或許父親回到了更遠的從前，回到我童年時那棵龍眼樹下。海風吹來，鹹鹹的味道，澀澀的心情。

硬殼

客家話中的「硬頸」精神，指的是擇善固執。「硬殼」就不一樣了，是頑固、硬拗、不聽勸說的代名詞。

二〇一四年春，鄉公所發包將距離老家三百公尺外的新屋溪進行疏濬。溪床的黃泥取代石上的青苔，生硬的堤防讓岸邊的水草流離失所。在蜿蜒如蛇的溪身扭腰處，溪水日沖夜刷造就的深穴，是一座縮小版的湖泊，才沒幾天，陡地就被石籠填平。河道變整齊了，千篇一律的制式化疏濬，大規模清除了我的童年記憶。

其實這條溪，有我千迂百迴的童年。每逢暴雨，溪水就肥胖起來。住在河西的我們這群小孩，上學就得繞道而行。如果偷偷赤足涉溪走捷徑，被大人發現的話必遭呵叱。但設若是在上課時候下雨，長輩們忙於農事，小孩子便自己做主。我母親高明，打從我上小學開始，就為我立下過河規範。水及膝，不過溪。由於我生性太倔，做事太絕對，老認為自己拿捏得準，母親的話就如東風射馬耳，全然不當一回事。

就在最後一節課時，雨水鋪天蓋地的掃過客家莊，這雨很勁，水珠子重，打在日式教室的屋瓦上，劈劈啪啪響著，宛若千萬隻鳥在頂上盤飛。才兩刻鐘，溪中濁水滾滾。幾位同學放學後來到溪岸躊躇不前。我隨後趕到，心中卻興奮了起來，並想像過河時，多人一字排開，如同並列的犁頭，切開溪水臃腫的肌膚，是何等暢快呀！人多膽大，我們把書包帶從右側勾上左肩，體重較重的人，打前鋒做後衛，弱小的我站在最中間。一行七人手拉著手，學毛蟹橫著過河。大水及腰迎面而來，我們碎步移動著。

眼看最前面的阿寶就要上岸了，一塊漂流木朝我襲來。為了閃躲不慎鬆手，團隊瞬間就被大水解散，最靠近兩岸的四個人，依恃著他們過人的體重及地利之便，分別爬上了東西岸。中間的三個人就沒有這麼幸運了，我們被水沖下，惶惶中我感覺書包帶從自己腳跟褪離。登時，我還想起書包裡面，有一個鐵盒子，裝滿了我心愛的花紋彈珠，驚瞥那書包消失在轉彎的深穴處。幸虧是前些日颱風吹倒的茄苳樹，擋了我們一把，我們三人乘時牢牢抓住，爬上被一波波大水搖晃的樹幹上。我曾經想過，如果沒那棵茄苳，可能我們早已淪為波臣，或漂至五里外的大海，成為鯊魚的小鮮肉。阿寶機警，上岸後呼天號地，在河岸附近耕種的阿土伯聞聲相救。我們明明是在水上受災的，他卻從樹上把我們救下來。

我至今仍佩服阿寶的嗓門，叫聲驚動客家莊。所有的父母都來齊了，同學們異口同聲，說是我這個做班長下的命令。母親來時，一肚子的火往上撞：硬殼牯，正經沒用。

母親用客家話罵我，固執得無藥可救。她四下作揖，向每個父母賠不是。

只見她揖著揖著，抬頭就淚流滿面了。我方才發現自己的固執，為母親帶來了愧疚。老是以為自己披了鞍，就可以像馬一樣的衝向前。不知道危險，有的時候是最大的危險。

童年的溪，藏著童年的故事。與妻一同走在整治過的河道上，意外發現一顆彈珠，烏黑黑的，洗刷後內裡乍現花紋的輪廓，但早已沒有美麗的顏色了。我告訴妻，這顆彈珠好像是我的，可能是這次疏濬時被挖出來的陳年舊物。只是，當年我用硬殼盒子保護得很好呀！它還是鐵製的。

硬殼，沒用啦！妻不懂客家話，她用國語這麼說。

蛇聲鬼嗷

在客家莊，蛇，蜿蜒成一條說不完的故事。

有的蛇出雙入對，連理同心，遇到外侮會同仇敵愾。有的蛇穴與蛙洞沆瀣一氣，狼狽為奸，你明明是要引蛙入籠，卻驚見搖頭晃腦的蛇，在籠中吐信。不過這些都不足為奇，倒是有一種蛇令我刻骨銘心，在我未發現牠前，牠跟我同住同吃，一同讀書。

有一陣子，阿婆抱怨老母雞阿丹，一身金黃羽毛只是金玉其表。牠老是懸著屁股不下蛋，像懸案，永無水落石出的一天。阿婆忍牠很久了，從她看阿丹的表情中發現，彼此關係日僵。最初她噘嘴，是瞧不起阿丹。後來撇著嘴，明顯對阿丹不滿。有一天，她終於按捺不住了，當頭對面數落一頓阿丹，若牠一再不事生產，等下回雞販來，就要阿丹好看。阿丹「咕咕」兩聲後，縮起頭，滿腹委屈。

反正說什麼，妳都不會信的。我私下覺得阿丹是這樣想。

「你這個頑皮猴，毋好又追等阿丹走，害阿丹毋降卵。」阿婆翻過頭來以客語對著我說，阿丹不生蛋，是因為我一再追著阿丹玩耍。她要和阿丹算帳，我掂得出來，多少有一些警告我的味道。

我相信阿丹，決定側面了解，暗中監視牠一天的作息。清晨四點多起床如廁，拐彎到雞舍一探。阿丹見了我，脖子挺了挺又抖了抖，屁股卻未挪動半寸地位，在睡與不睡間半閉著眼，像有什麼事要和我說似的。我趨前一看，陡然發現，阿丹生蛋了，還生了三顆蛋。我決定等下午放學回來揭露此事，幫阿丹解圍，也幫自己澄清。

一放學後發現，蛋竟全數不翼而飛。阿婆說那是我和阿丹間，在半夢半醒間的嚴重幻覺。我一時怔住了，究竟是阿丹出賣了我，還是我出賣了阿丹。那個夜晚，我躺在三合院的東廂房讀秦朝的歷史，背重點並複誦出聲：「歷史上焚書坑儒的是秦始皇」。我每複誦一次「秦始皇」時，就彷若聽到「噓噓噓」的回音。起初我懷疑自己真的病了，但當我再次複誦「秦始皇」的同時，「噓噓噓」又應聲響起。我開始有點緊張了，眼睛放大，呼吸加速，再狠狠的試上幾次：

「秦始皇，秦始皇」瞬間，那「噓噓噓，噓噓噓」的聲音，竟能依節奏回誦。我仔細探那聲音，應該是來自瓦縫。我再睜大眼睛，這次我輕聲放緩，複誦「秦—始—皇」，瓦縫間「噓—噓—噓」跟著變慢。慌張間我若見一影，如人讀書吟誦時點頭晃腦。猛然發現，那條名為大南蛇的臭青母，正側身依附著橫梁木，伸出頭來晃呀晃著。

「啊……」我驚天一叫，整個客家莊晃了起來。一時間狗吠聲像會傳染，東南西北遠遠近近的爆破。

「大半夜蛇聲鬼嗷，嚇死人呀！」阿婆在夢中驚醒，火速前來探個究竟。

蛇聲鬼嗷，客家語，指的是胡亂鬼叫。嗷，哭也。鬼哭我沒聽過，但是阿婆有所不知，蛇會發聲，臭青母還會念書。阿婆惶惶間嚷了數人合力將牠制伏。念及臭青母與我們同吃同住一個屋簷下，將其放生。牠身長二公尺，腹中數顆橢圓形之物，月光下整條蛇身，一如長串的蓮藕。牠帶著贓物揚長而去。

阿丹抱冤負屈終得大雪。幾年後我讀到「殺雞駭猴」的成語，心中為雞忿忿不平，要讓猴子害怕，何以遷怒雞呢？今日以雞來形容娼妓者甚，此事同樣令我不悅，但我不敢仗義執言，怕人誤會我是為色情辯護。我總是三不五時就想起了阿丹事件，當年阿婆應該和臭青母明算帳才對。或許，那心中的不平會長大，乃至於我年過半百，還老是為天下之雞大抱不平。

娘婆心

客家人渡海來台，由於時間較晚，大都住在桃竹苗的丘陵地。或有的像我祖先一樣，定居在「風吹牛皮猴」的沿海。風大得嚇人，地卻瘦瘠如猴。

瘦猴之地，芒草畫地為王，盤踞茄苳溪岸，跟著彎彎扭扭的溪水向大海逶迤到天邊。它們武裝而來，葉身細長如尖刃。人仗牛勢，我始終沒在怕它，因為我們家的老牛阿憨，偏好此味。牠立志吃遍一條溪岸的芒草。

這個夏天，阿憨瘦下來了。像是得了厭食症，有一口沒兩口的，東走西走，隔三岔五的就在溪岸發怔。幾個鐘頭過去了，牠臀部和肋部間的三角處仍然凹陷，顯然還餓著肚子。天氣實在太熱了，究竟是胃口不好，還是心情不好？我坐在溪岸靜靜觀察，得到一個小小的結論：阿憨那副模樣，像是在夏夜，蚊蟲潛入牛圈擾牠清夢一般，牠抓心撓肝，但不會言語，只會甩頭嘆氣，又嘆氣甩頭。

莫非，有人侵入這個芒草叢生的溪岸地？我四處張望。乍地，從芒草叢中飛出幾隻大鳥，撲啪啪撲啪啪的。同一時間叢中也鑽出了一個婦人，她將手中的鐮刀噗嗤一扔，手中抓緊了幾根芒草嫩心疾疾而去。看來她是被鳥嚇著了，我和阿憨卻被她嚇呆了。大白天，大斗笠圍著大花布，也看不出那人面長面短的，日頭登頂，怎麼跑來溪岸摘取芒草的嫩心和阿憨爭食呢？怪事聞所未聞。第二天，我刻意選擇正午時間，再帶阿憨來，進入溪岸地之前，又見一個阿婆與我們錯身而過。她頭低低的，手中同樣的握緊了幾枝芒草心，像是心事重重。一連兩天，一整條嘩啦啦的溪水，流過我悶悶忡忡的心頭。

那晚我中邪了。腹瀉，肚疼，面慘白，人虛弱。母親拿了手電筒，潛入如墨的暗中。過了不久，我聽到廚房傳來菜刀在砧板上的起落聲。母親端了草藥，來到我的床前。青青的汁液，裹著翠翠的草渣。

「吞落去，吞落去，係熱著咧！」母親說我中暑了，要我連汁帶渣吞下去：「食娘婆心啦。」

「這敢毋係阿憨食个草？」我覺得這味道似曾相識，像是阿憨吃的草。向母親求證後，倏地了解，阿憨不吃草，是心情不好。牛不喜歡吃老梗老葉，然而這個夏日陽光狠毒，芒草嫩心，幾乎都被人們摘去作為藥材了。

客家人說的「娘婆」，指的是芒草，娘婆心就是芒草的嫩心。我已年過半百了，如今回頭再想想，娘婆心更是日久天長為人娘為人婆的心情。瘦猴之地，生活不易，藥草就地取材，多得難以盡舉。雷公根的莖葉，在口中嚼碎後，敷上傷口可以止血；鬼針草的根莖，文火熬湯一飲清心；鮮綠的娘婆心，可以鎮住暑熱肚疼。我這個從鄉下進城的遊子，或說戀舊成癖，或說魂縈夢牽，但每當我再看到一片芒草，便會觸景生情，那曾經在口中帶澀的娘婆溫馨。

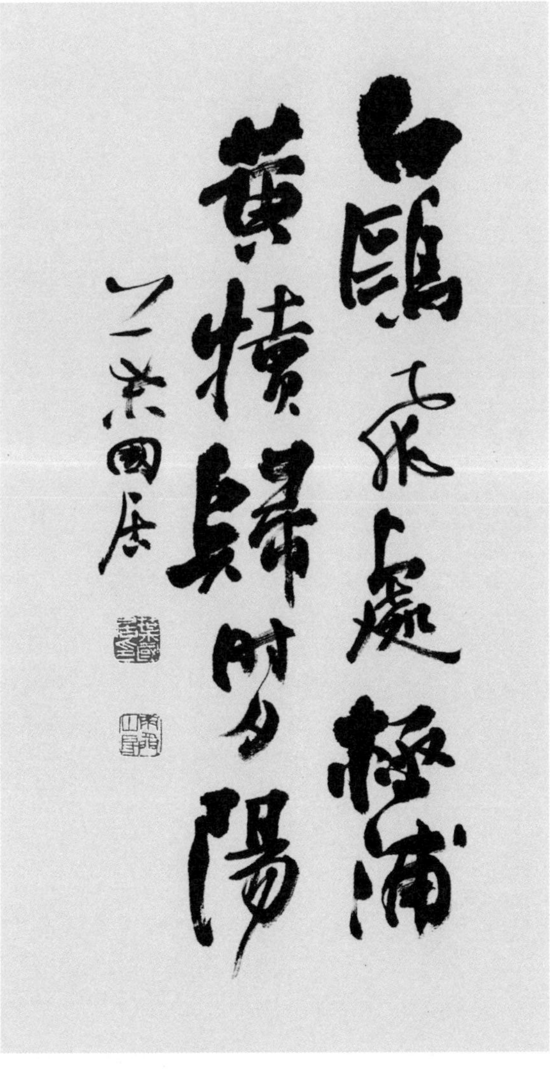

白鷗飛處極浦，黃犢歸時夕陽。葉國居。

硬杁丁

桃園觀音一帶的客家莊，早年田畝遍植稻禾，鮮有農人栽種果樹。野生的芭樂樹，是大自然賜予小孩子打牙祭的甜美果實。在離家三百公尺外，茄苳溪對岸的荒野坡地上，有一棵紅心芭樂樹。阿婆說，這棵果樹是鳥從異地銜來的野生種。果實小，肉薄，子多，表皮斑斑疤疤的如遭火紋。外觀集所有芭樂的缺點於一身，但因內裡是紅心的，在客家莊稀有珍貴，水漲船高。

夏日，溪水漲起，果實纍纍。小孩們的眼光開始聚焦此處，他們越過了橋頭，在橋尾踟躕不前，巴頭探腦的。那塊荒地上，有三座納骨塔，足讓小孩子怯步，每年只在掃墓時節方有人群進出。客家人掃墓，大抵會提早在三月間，我會乘時隨人群進入，觀察紅心芭樂生長的情形，也會特別多看一眼，那個名叫張天師的流浪漢，他席地幕天，生活在此多年，究竟他的家當是如何收藏。垢面蓬頭的張天師、納骨塔、咿呀作響的茂林脩竹，在同儕的眼中，這個場域，隱隱流動著一股不為人知的氣息。

眼看時機成熟了，我草擬了獵果計畫，鎖定膽小的堂弟結伴同行，此舉是為了避免哪朝一日，他壯大後棄我不顧單獨行動。我取一張保生大帝的符咒，置於胸前。左線預備，右線預備，頓時，我好像清楚聽到自己的心跳像槍聲，突然狂奔了起來，到位後連果帶枝胡亂拉扯一番拔腿就跑。跟在後面的堂弟，每次都哇哇的哭著出來，責怪我在關鍵時刻未善盡提醒告知。紅心芭樂是客家莊難得的人間美味，外皮呈黃的芭樂成熟甜美，焦皮中透白的果實咬來脆口，即便在慌亂中扯下深綠色未成熟的芭樂，在反覆咀嚼後也會苦盡甘來。食髓知味不可自拔，堂弟從未放棄。一個周末午後，我們進去後駭然發現果實數量大滅，若歷洗劫。驚惶當下，猛地，看見了張天師，一雙眼狠狠的瞪著我們。堂弟一慌，跌了跟頭。

「硬杌丁也摘，會食死人啦！細人也敢偷食咧！」張天師大聲叱咤，表明那棵樹是他的。

「阿婆講係雕仔種个，你亂講。」堂弟捽出了英雄本色，怒氣衝天以客家話回嘴。沒錯，憑什麼說我們小孩子是偷摘的，阿婆確實說過雕仔，鳥，才是紅心芭樂的主人。我連忙幫腔壯勢。

張天師一時心虛，語塞。

硬杌丁，客語海陸音，指的是尚未成熟的番石榴。丁，小立方體。事件之後，我們仍然擋不住誘惑，時有行動，但也發現採果者不乏其人。

一個月過去了，我和幾個同學走著，在橋頭被張天師叫住。他微笑的作勢要我們過去，彷若發現了什麼驚天的祕密。他說自己昨夜在睡夢中，被麻雀聲吵醒了。嘴裡咕噥著，怎麼半夜有麻雀叫呢？起身後發現芭樂樹下，有一個吱吱喳喳叫不停的女人。張天師一派輕鬆，說自己鬼見多了，回頭呼呼睡去。沒一會兒，又聽見「啪」的一聲，像是孔雀開屏，搧得他鬍鬚朝南飛起，側身一看，有個男人穿著斑紋彩衣，衣服上還有很多牛眼睛的符碼，「咯咯咯」的和麻雀女人爭論著地盤。最驚人的，在白朗朗晃悠悠的月下，張天師發現芭樂樹上，有一個長相酷似貓頭鷹的人，黑著眼圈，肯定是長年熬夜不睡覺，就沉默的坐在芭樂樹上，江山早就是他的了，一副誰也別爭的架式。

這消息很快傳開了，有幾個嘴饞的同學，一度懷疑是張天師在扯淡。我卻直覺張天師說話雖然巴三覽四的，但與阿婆的說法不謀而合，可信度極高。經我仔細分析後，再也沒人敢踏進荒地一步。第二年，我已上了國中，偶在路上遇到張天師，老感覺他嘻皮涎臉的，特別是他看我的眼神，充滿了睥睨之意。

又一次，我發現他口袋鼓鼓的，「咚」的一聲，掉下一顆紅心芭樂來。我當場怔住、停步，一路目送張天師，沒入那荒地的竹林裡。

驚覺自己被騙了。仔細推敲，是那次和堂弟用來堵張天師的「鳥」話，被他隨葫蘆打湯的瞎扯，反將了一軍。硬杌丁，這又硬又小又鳥的事，如火紋過，多年後猶見疤痕。

看齋仔

我確信自己有許多行為，在婚後的漫長生活中，不知覺的就被妻同化了。最明顯的一事，走在街頭，遇喪事法會她會示意要我繞道而行。設若兒女還小跟在身旁，閃避不及時，妻會迅即以掌掩兒的臉，我會全自動的抱起女兒，揚起手臂升起幕遮，彷若就此隔開了一個世界。

不可以看。是非禮勿視嗎？或是如此就會穿陰過陽。最近我驚覺，這禁忌像滾雪球一般，越來越大不可收拾。兒女長大了，念的大學剛好都位在半山腰上，前些日子在聊天中，聽到他們不約而同，在臨暗黃昏時，為了閃躲一場喪事法會，繞一座山頭的事件。我心頭一顫，如此失驚打怪，究竟是誰教他們的？妻抿著嘴，默而不答。

我仔細反芻童年客家莊的生活，竟然發現自己去看喪事法會，有一種不可思議的期待。那年，保生廟有一廟公，以高壽辭世。出殯前一天，阿爸一大早就交代，要我今天下課後就先把功課做好，「廟公仔做仙去咧，暗晡夜做齋仔，輪到你去看齋仔。」阿爸如是說，我爽朗應諾。最後一節課，老師在台上講得口沫橫飛，我低頭振筆疾書寫完作業，放學後狂奔回家，不時的豎起耳朵，等著鑼鼓在廟口響起。

做齋仔，客家語，係喪家請道士念經超渡亡魂的儀式。父親從小就叫我們兄弟要輪流去看齋仔，彷若是一種任務分配。法會中道士身懷絕技，鑼鼓嗩吶輔以角魚、竹響板等樂器，串男串女，扮老裝幼，上演拜香山、目蓮救母、三藏取經、引魂過橋等戲碼。我猜父親的用意，無外乎是要我們兄弟從這些戲碼中，領略人應該離惡行善，更殷殷的盼望小孩子能在喪家的悲痛中，感受到孝要及時。然而我們小孩真正期待的，是在道士表演之後，喪家會請廚師烹煮鹹粥供來者食用，客家人把這個習俗稱作「食油糜」。在物資匱乏的年代，是道地的人間美味，鹹粥內含瘦肉魷魚，美味令人垂涎。那一節課我意外發現，一向寡言罕語遲交作業的阿齊，也在第七節課破天荒的把作業寫完了，且興奮得像個過動兒。

我從小做事就瞻前顧後，和哥哥輪著去看齋仔，這隱喻著下一次我就吃不到魷魚瘦肉粥了。然而事在人為，輪到我去看齋仔時，我會設法弄回一碗鹹粥，先借放在哥哥的肚子裡保鮮，等下一回輪到他去看齋仔時，必須歸還。在還沒有冰箱的年代，這個方法前衛又科技，很多年以後，每當看到哥哥中年的鮪魚肚時，不知道為什麼，總是會讓我聯想到冰箱。廟公生前樂善好施，地方人士津津樂道，想必看齋仔的人多，屆時要多舀一碗難度很高，也正因為如此，我被哥哥賦予高度的期待。果然，鹹粥一出，像群蟻匯聚一灘糖水，我因身材矮小，當我拿到勺子，看到鍋子，鍋底已在微弱的燈底下透著寒光，心中難掩失望。阿齊比我還矮，我看到他哇哇哭著，他這麼認真寫作業，努力卻得不到回饋，哭得比喪家還要傷心，最後還是我送他回家的。寒冷的冬天，一路星光泛著淚光。

歲月如流，如今我心頭大白，客家莊長輩鼓勵小孩子，在往生者出殯的前一天晚上，去看齋仔這件事，那是教忠教孝，其實也在教膽。藉著吃魷魚瘦肉粥所凝聚的人氣逼退了陰氣，喪家看到這麼多人關心支持，傷痛獲得一定的緩解。明天之後雨過天青，一切正好。

那還有什麼好怕的呢！為了躲一場喪葬法會而嚇得夯嘴夯腮的我兒我女，別再做鬼嚇自己了。寫下這些陳舊往事，仍不免為當年辜負哥哥的期望帶些愧疚。那保鮮一事，也從那次之後打住，成為絕響。

細憨牯

為國家的困境樂捐，我年少時經歷過。那一次為了國家，做了一件不可告人的事。三十而立時，自我反省那個行為叫愚忠。五十知天命後，我發現並非那麼一回事。雞知將旦，鶴知夜半，我看人和公雞飛鶴沒兩樣，同樣是偏知一隅，三十和五十，認知就不一樣。

六十七年底，中美斷交時，我念國中二年級。消息在冬日如霧籠罩，壓得我心頭緊緊的，腦筋卻糊糊的，搞不清敵人，究竟是共匪還是美國，但很確信愛國情緒在教室膨脹。我念觀音國中，早自習還沒結束，就有同學溜到操場外宣洩。看著海，朦朧中，隱約看到幾里外一艘船。同學們集結，對著那船叫板，嗆聲。像是狗吠火車。一會兒說嗆的是共匪，倏忽又變成美國了。同一艘船。

放學前，學校發起樂捐，說要買戰機炸彈。老師講得淚花矇矓的，我的熱血像江裡的浪，回到家後一切就冷靜下來。客家莊小孩極少有零用錢的，農莊生活辛苦，飛機炸彈不能飽肚，樂捐軍購的說法，如同在聾子後頭放鞭炮。我壓根兒沒向父母開口，但為了證明自己愛國不落人後，我潛入母親的房間，拿了鑰匙開了篋，偷出一塊錢的硬幣十枚。第二天，課堂講桌上擺了樂捐箱，老師就站在側門，同學依序投遞，聲音三三兩兩。輪到我時，小小手掌抓滿了硬幣，瞬間擲地有聲。大珠小珠落玉盤，鏘鏘啷啷。我回頭偷看一下老師，他對我點頭，露了微笑，還握了拳。像是說，這小子，了得。

十塊錢，是母親逢年過節殺了自己養的雞鴨，用雞鴨的羽毛換來的錢。一隻兩塊錢。在樂捐當下，我洋洋得意，但過些時日後，卻惶惶不安。幸虧有愛國的信仰，聊以撫慰年少無知的過錯。曾經作了一個夢，母親把我們兄弟叫到祖先牌位前，要我們承認是誰偷了那十塊錢，我們兄弟沒人承認。就在這個時候，一群紅面番鴨，硬著頸，氣紅了臉，啪啪啪啪呼啦啦的，從鴨寮狂奔而出，在我面前戛然停住。前傾身子，拉長脖子，呷呷的緝兇而來。登時我怔住了，一數，五隻沒錯。驚坐起，汗水涼透背囊。

三十好幾，偶爾想起，還對自己當年愛國的純真，覺得愚昧好笑，但我始終沒把這事向外人道。這些年網路興起，我驚見「中二病」這個辭彙，聽說中二病好發於國中二年級生，患者活在自己的世界裡，腦子裝滿了東倒西歪的價值觀。我突然覺得好像染過此疾，在最近一次家庭聚會中，主動公開了自己中二病的情節，以分享年少的病友。

「該細憨牯啦！」母親笑著說，絲毫沒有責備的味道。

細憨牯，客家語，指的是天真、癡傻的小男孩。是的，這樣奇零特異的偏頗，那般天真癡傻自我滿足的妄想，恐非成語中「年少輕狂」、「少不更事」足以來形容的。客家話的細憨牯，早已為中二病的症狀，做了最好的註解。

割籍

我們家在阿公當戶長時，戶口名簿洋洋大觀。父字輩、孫字輩，丁丁口口，逐條列名，從首頁寫到次頁。戶長把戶口名簿放在土地權狀、房子建狀之上，一併藏在他寶貝的木箱裡，緊緊上鎖，任誰也休想離開這個江山版圖。直到阿公年老力衰，他親自主持分家。正廳、左横屋、右横屋各有其主。分家不分籍，戶口名簿原封不動，阿公仍是這個國裡的王，直到離世。

父親當上戶長，泱泱盛世已今非昔比。短短數年，長女出嫁，長男次男婚後相繼遷戶，戶口名簿就變得簡單冷清。還在就學的我，出生別註記三男，為大王所牧唯一的子民。民國八十年，我婚後在台中工作，買房之後，有一天我向母親提出遷戶的想法。她先說戶口名簿置於房內的鐵櫃之中，但鑰匙最近下落不明。一段時日後，我再向她提了，她表明已找了鎖匠，但遲遲未果。後來又說這個鎖匠技術不太高明，總是有很多的理由和我彎彎繞。直到有一回，我要打電話，馬上就請鎖匠來。她陰著臉，不說話，後來眼睛就潮了。

「又愛割籍咧！」她足足站在原地好幾分鐘後，用客家話向我說道。顯然在我哥姊相繼遷籍後，國王皇后仍抱著小小的希望。

「仰般咧？遷戶籍又毋係莫轉屋！」我心頭一震，瞬間了悟她的想法，連忙安慰母親。我再向她說明，遷戶籍只是一個形式，一支筆從這張紙寫到那張紙，我仍然是要回家的呀！我永遠是母親的兒子呀！說著說著，安慰的話又變得理直氣壯。

她猶豫許久。走進房裡，摸了好一段時間，當她把戶口名簿交給我時，兩眼已熬成了猴屁股。接下它時，我心突然沉重了起來。

割籍，客家話，意指遷籍分戶。母親是傳統的客家人，那道地的「割」

字，如利刃當下讓我的心情受了傷。像是刀疤，每睹一回，情境就重播一回。許多年後，她在電話中告訴我，昨夜暗中她起床如廁，發現抽屜怎麼開開的？她趕緊拿出戶口名簿，自言自語的說道，是誰半夜動著它了？翻閱後竟發現戶口名簿寫得密密麻麻的，我哥遷戶回來了，我也遷戶回來了，子子孫孫，從首頁寫到次頁。她說得高興，我卻聽糊了。再問她，才知是母親那夜作了夢。話筒中傳來她的笑聲，卻讓我發怔良久。當我回神時，突然感覺「割籍」這個詞彙，於我是刀疤，但對於母親，則如尖刀刺過的窟窿。空洞，空虛，冷清，偶透著寂寂的夜光，再也無法用時間數平填補。

今年初冬，母親做完八十一大壽後的第三個禮拜天，我獨自驅車回客家莊。正廳，東橫屋，西橫屋，數百來坪的老屋，只有父母親兩個人。我們坐在明晃晃的冬陽下，她聊起了父親不良於行，沒再早晚去巡田，她說趁現在自己還走得動，有時候也會代替父親到田中巡巡走走。北台灣台地的田畝，田埂較高，遇雨水流成穴，她赤腳踏著，田埂潰決，差一點就變成泥團子。她話音啞啞的，笑聲平平的，像涓涓不停的歲月細流，流出漫漫人生無奈的空洞。我已經好多年沒再去田園了，父母親老了，祖厝祖田接下來可能的空窗如穴，究竟又該誰來巡守？

阿公是睿智的，房地權狀在下，人在其中，上鎖的動作寓意深長，世世代代都必須有人戮力以繼，任誰都不准離開這個天下。客家人的「割籍」，時間越久，力道越深，早已非我年輕時的認知，以為它只是一種形式。割，要小心喔！那筆刀，又尖又利。

極樂仔

二十年前，外籍新娘阿好，遠渡重洋來到客家莊。想家的夜晚，眠床翻來覆去就搖晃成大船，起床時總是哭紅了雙眼。我母親問她怎麼了？她說，昨夜回了南洋。第一次見到阿好，我在晨跑，她提著包袱，低頭疾疾與我擦身而過。沒多久，他先生阿財慌忙追了上來，在濱海漁港的路上，盡頭是無亙的汪洋。

阿財長她十七歲，他覺得自己窮，已逾不惑之年，仍能娶到美嬌娘，是祖上積德，做牛做馬也不能讓阿好受苦。上班，燒飯，洗衣樣樣來。客家男人這麼疼阿好，她漸漸習慣了。不再成天徘徊漁港的路上，看見了船，就吵著要回南洋。

阿財囿於先天性的弱視，加上年紀已大，原上班的紡織廠，大前年結束營運後，他二度就業困難，視力每況愈下，就連走路都變慢了，阿好這時是他的眼睛。夫妻倆鎮日形影不離，靠鄉公所的社會救濟度日。村裡的人，每至冬季，種了很多芥菜，送好多給阿好。阿好不貪心，向來只肯拿一兩棵，說他們夫婦夠吃就好了，剩下的還可以送給更需要的人。

之後我回鄉，見他們神采飛揚，經營起自己的事業，養了三條小豬在破舊的老房子裡，像燈蕊，光明在望。阿好騎著三輪車，阿財坐在上面，旁邊還有兩個藍色的大桶，他們開始在莊裡，挨家挨戶集廚餘收餿水。鄉下地廣人稀，收廚餘也要長途跋涉。上坡時，阿財會下來推。下坡時，阿財會撳緊阿好的肩，像是幫忙煞車。他們忙得很起勁，一圈一圈轉，上午下午晚上繞。

「像極樂仔，捩毋停。」母親看著他們的三輪車，又經過我們家。

極樂仔，客家語，指的是陀螺。仔，是尾音虛詞。母親覺得他們就像旋轉不停的陀螺，不嫌辛苦不會累。我因為學過經濟，了解成本效益，又有養豬的經驗，有一天我向母親做了專業分析。阿財家裡有三頭豬，一頭豬長成一百公斤需要六個月，毛豬拍賣巿場一公斤七十元，一隻豬七千元，三頭豬大約可賣二萬元。阿好還沒五十歲，做事俐落，工業區正缺作業女工，以基本工資半年計，至少可賺十萬元。這樣日日轉天天轉，像極樂仔，不划算又不會算。

有一天大中午，陽光狠毒，母親拿了一張圓凳，坐在家門口守候，大老遠就看到三輪車來了，母親戴起斗笠，奮力往外跑，見阿財夫婦喘得氣咻咻的，汗水濕淋淋。母親把我的演算，從頭到尾不漏一字複述一遍給阿好聽，說服阿好去工業區，家庭經濟會更好。

阿好心動了。母親向她點點頭。

「𠊎莫愛你去上班啦，𠊎莫愛你去上班啦！」坐在三輪車上的阿財，突然大聲的向阿好說道。

「𠊎賺還較多錢轉屋啊！」阿好向阿財說，可賺更多的錢回家。

「𠊎莫愛錢啦！𠊎莫愛錢啦！」像是天翻地覆又地覆天翻，阿財立起，頭歪斜，突然歇斯底里的喊。語停，又跌坐在三輪車上，略略低頭。

「好啦！好啦！你莫愛錢，𠊎就莫愛去工業區啦！」阿好看阿財反對，心就軟了。轉頭向母親說道：「承蒙你，妳看佢離毋開𠊎啦！佢个褲無著好都毋知，拉鍊沒關也看毋著，𠊎看莫去工業區好咧！」

聽到他們夫婦的對話，若當頭棒喝，對待窮苦可以如此淡然。我站在母親的後頭，突然覺得這些年自己讀的書，都讀到豬糞裡了。窮苦人家可以活得很富有，相反的，富貴人家也會活得很窮。

無有眾苦，但受諸樂，是佛土西方極樂世界。客家莊也有極樂世界，它是一個快速旋轉的星球，是極樂仔，不停的忙碌旋轉。佛不在遠山，極樂不在西方，在我們的心裡。阿財阿好那甜蜜的心靈富有，早已活在極樂的星球裡了。

食幼席

客家莊的宴客，這些年來在不知不覺中少了一味，不是菜色烹調出了岔子，而是請客的過程，走了太便捷的直線。

在紙碗、免洗筷、塑膠湯匙尚未生產的年代，客家莊只要一家辦喜宴，那便是百戶千家的事了。像一聲哨響，瓷碗竹筷瓷湯匙，便會自發性迅速的靠攏。眾婆們是包打聽的，哪邊家裡有宴客，她們早在幾天前就動員了，以竹簍挑著自家的碗筷湯匙，一搖一晃的，在簍子裡摩擦碰撞，發出叮噹叮噹的聲響。白日她們從蜿蜒的田埂而來，暗夜從黑咕隆咚的小徑而過。叮噹叮噹，搖動日頭。叮噹叮噹，晃動月光。來囉來囉！來辦桌囉！

從擔碗、洗碗到上桌，宴客結束後，再集體洗淨，各自挑回。這中間經過漫漫長路，經過黑夜白天，像是一個鄭重而遙遠的祝福儀式，悠悠長長。時代太快了，才一眨巴眼，眾婆就老了，他們的腳程太慢，跟不上流行。

速度最快的是免洗碗筷。眾婆們這一天，難得一同來喝喜酒。一到會場就費力的玩數數兒，六十來張桌。心想，若是早些年，這要多少碗筷呀！她們得忙好幾天呢！如今覺得有些不好意思，扎堆閒扯淡、等吃飯。菜上桌了，有人站起來發免洗碗筷，那手法和發撲克牌一樣快。收拾餐後的碗筷，節奏也和洗牌合拍，反正就免洗餐具嘛！手刀一推，從容就事。

回家一路，眾婆走著走著，老是感覺今天的宴席少了什麼似的。W婆覺得屁股都還沒坐穩就回家了，有些失意，懷疑這樣沒吃飽。

「今晡日係食幼席耶！」Q婆不覺得是沒吃飽：「應該係漏忒客家味。」

食幼席，客家語，意指吃精緻美食，一道菜吃得差不多了，才上另一道菜的宴席。幼，嫩也。Q婆很厲害，她領在前面走，轉身這麼一瞎扯，就扯進了眾婆的心窩裡。只是，這山珍海味的幼席，究竟漏了什麼樣的客家味，眾婆面面相覷，滿眼混沌。額上的皺紋，相互糾結、難解。

沒一會兒，W婆又失落的說，以前別人家娶媳婦，就像自己家娶媳婦一樣忙，現在就只能來當客人了。眾婆沒人應她。又走了一段路，Q婆又開嗓大聲喊著，什麼都變了，就連叮啷叮啷的熱鬧聲音都聽不見了，流行颳了風，冷得就快咳嗽了。

客家莊突然一陣風來得又勁又急。只聽到數根枴杖，囊囊的觸地聲中添了幾聲咳。眾婆弓身把頭壓得低低的，心肝頭通通跳的，深怕走過的路，又落了什麼似的。究竟是漏了什麼客家味？眾婆們彷若知道所以然，卻又說不出個所以然。

無頭神

人多則道小，人少則道大。現在出書的人太多了，依我看來，文學路是一條小路沒錯。

小路峰迴路轉，百繞千迴，很容易讓人迷路了。最近我老是被妻誤會，說我對她漫不經心。她不了解我是外閒內忙的那種，這好比孔明坐在空城樓上，表象從容，卻箭在心弦。我坐在家裡，看似無所事事，其實滿腦兒早就栽在文學的小徑裡。

在客家莊，雞鴨各闢蹊徑，牛羊來回成道，還有很多的小路，是被人走出來的。小路糾結如腸肚，經常讓人理不出頭緒。一大清早，我家西瓜園後方的牛車路，來了一個陌生人，一襲紫衣非常打眼，他牽著一輛腳踏車，眼袋很大，如同熬了夜神情疲憊。通常會在那兒出現的人，十之八九是迷路客，當我家的土狗追趕上他時，他一邊後退，一邊作勢反擊。我急忙跑前去替他解圍。

「請問阿弟，要怎麼出莊到大馬路呀？」他惶惶求助於我。

我請他傍溪而行，右轉牛車路，撞見了一棵老茄苳後右轉，接著踏上一座棺木板搭製的小紅橋，直行一百公尺後會遇見土地公，當他聽見紫色的牽牛花吹喇叭後，再朝著日出的方向走去，就可以走出客家莊。

他疾疾使勁蹬車離去。二十多分鐘後，我們家狗又吠了。一看，那人又回來了。再見到我，毫不客氣發了火：「小弟，我要怎樣才可以離開這個鬼世界呀！」我聽了很害怕，以為這個人想不開了。狂奔回屋，告訴阿婆。

「係撞走个無頭神，捩捩轉。」阿婆說，是迷路的無頭神，轆轆轉。無頭神，客家話，指的是愣愣無神，忘東落西的人。那個人在客家莊打旋磨，繞圈圈，因為忘了來時路，於是被路牽著走。阿婆要我帶他出莊，以免他又再繞回來。我帶著無頭神，一直走到土地公處停了下來，指著日頭，告訴他從那個方向走出莊。我原地不動，看著那紫色大衣，淹沒在紫色的花叢裡。我看著他離開了客家莊世界。

一進門，阿婆氣呼呼的說，無頭神是個西瓜賊。阿婆從田頭扛回一布袋的西瓜，直言那瓜賊因為鬼打牆，繞不出客家莊，索性就把贓物棄回我們家的田。之後我復聽聞，莊內瓜農無一倖免，早就被無頭神一一光顧過，而我是唯一看清楚他真面目的人。我帶著眾人破案的希望，牢牢記著他的臉孔，等有一天，欲揭其罪行惡狀。只是很可惜的，從那天後，再也沒人見過無頭神。有人說他死了，有人說他被抓去坐牢。我唯一的發現，是在那紫色大衣的淹沒處，有一條五米深溝，每年在溝壁的石縫上，都會開了一朵很大很大的紫色花朵，比起滿徑的牽牛花要豔出了許多。不知名，很打眼。

這幾年，我越來越發現，自己也是一個無頭神。在文學的小路裡，時常有想寫卻寫不出的無助，想變卻變不出的無神。妻說我對她不專心，真的很冤枉，她不知道我迷路了。

客家莊的無頭神，不是沒有頭，只是它的心思，到另外一個世界去了。在文學的世界裡，我忙得團團轉，轉不出來。外鬆內緊，其實並不悠哉。

乳菇

家後面是偌大的竹林，前院是禾埕，緊臨茄苳溪，溪岸林叢蓊鬱。冬雨綿綿的客家莊，夜半醒來如廁，從窗外看去，路燈下的雨絲密如千針萬線，在斑斑駁駁的光暈裡穿梭如幕。小孩子看不出幕後的真相，於是害怕真象。心裡一直懷疑會有靈異，在其中圖謀不軌，在暗中成形。

小學六年，我始終不敢一個人單獨上床睡覺。即便上了國中一年級，在雨夜，我會早早從客廳讀進母親的房間，然後悄悄爬上她的床，母親叫我時，我會佯裝是讀累了，不小心睡著的。次日我會刻意早起，再從她的房間讀回客廳。知子莫若母，她心知肚明，我也知道她的知道。於是，我們相互隱瞞。我天真的以為這個行徑，就像日落日出，沒人會探究在如墨的夜，太陽究竟到哪裡去了？可是很不幸的，這件事後來被母親滑溜了嘴，成了客家莊閒談的話渣。

「國居呀！正好命，恁大人還有乳菇食！」大嗓叔婆突如其來，大剌剌的嚷嚷毫不客氣。登時，我很想變成雞母蟲，埋在土裡生活，不要見人。

「無，莫亂講。」我掩耳，我不想聽，一時羞赧得整張臉都快要燒了起來。

反應這麼激動，是因為我對「乳菇」這個詞彙很敏感。乳菇，客家語，指的是人的乳房，我又特別覺得乳菇，更像是指女性的乳房。母親用它，乳我兄弟長大。然而流言可畏，明明就是烏龜，被三個人說是鱉，最後真的就變成鱉了。日運月行，心猜口傳，這事天旋地轉，連我同班同學都聽說了。我很想辯解：大嗓叔婆妳聽到我的咽奶聲了嗎？怎麼說我這麼大人了，還在咽我媽的奶呢？然而，北部客家莊冬雨綿綿，天色連月不開，恐怕辯解也會枉費唇舌越描越黑，只能從容鎮定「憋」在心裡。不過，自從被大嗓叔婆揭開了國一事件後，猶如塗薑斷奶，我再也不敢裝累，若無其事的在夜雨中，潛入母親的房間。

六十年代，客家莊流行種香菇。農人以竹為架，以乾蘆葦為棚，搭建菇寮。把田中的稻草切剪後堆積發酵，入寮、上架、植入菌菇，洋菇鎮日在暗中生長。我和哥、姊必須在早上四時許，圍在菇寮工作間，以小刀將泥根切斷以利市鬻。母親披著晨光，騎著機械狼載到街上吆喝叫賣，設若沒有售罄，回來時乳白的香菇，因與空氣接觸過久而色呈灰褐，我們便會留下來自己吃。在物力維艱的年代，香菇算是一種上等的營養品。我曾經細思，客家人說的「乳菇」，究竟為什麼名字同樣的也都叫「菇」呀！依我一個菇農之子，長期體會觀察，肯定了一個答案：它們同樣堅挺，潔白神聖，還淺淺流著一股清甜的味道。

母親如今已經八十歲了，還守著那塊地，種著那畝田。有一天，她在菇寮的原址跌了一跤受傷了，被緊急送到醫院。我趕去的時候，見她的衣裳沾滿黃泥，由於手腳疼痛更衣不便，雖不舒服但也忍著。客家人因為受於傳統禮教影響甚深，父母親的身體不會輕易露於子女的面前，當我想幫她更衣時，母親非常為難。瞭我一眼，旋又垂下眼瞼。或許人到了無助的時候，才會放下許多堅持。

我看到她的乳菇了，國一事件後至今已將近四十年。人會變老，乳菇也會老。印象中如「ㄦ」又如「八」挺挺的乳菇，已經下垂了，在經年的田事勞動中，灰灰的色調投映在我的老花眼眶裡，我瞬間想起了那與空氣接觸過久而氧化的香菇顏色。它們都來自客家莊，它們同樣乳我長大。那清甜，那奶香，從童年流淌，逐漸氾濫向我多感的中年。

我深知自己是根扎田畝、喝井水、吃香菇、食母親乳菇長大的小孩。如果現在有人說，我有一點點的文學才華，有一些些的藝術丰采，說我跑馬拉松體力很好，我覺得那是一種對我母親乳菇的讚美。又如果說，大嗓叔婆還在，她還這麼瞎嚷嚷。我，可要辯解了。當然囉，這真是好命得不得了。

高毛頭

最近我在教育部台灣客家常用辭典中，搜尋「高毛」這個辭彙。人過中年，老花眼每況愈下，眼珠子眼看就要跳出鏡框了，仍遍尋不著。肯定這些識廣見博的編委大人們，都是文人雅士來著，用心良苦，讓這個客語罵人的辭彙，登不了大雅之堂。我猜，高毛未來的走向，只有一途，它會在語言的長河中被篩出去，像是河水撞擊岩石激起浪花，一滴水珠落單了，回不到主流。但我要告訴你，它落在我的心湖裡，咚一聲，起了漣漪，擴張。再擴張。已經大到不可收拾的田地。

我從小就被阿婆罵說是高毛頭。被罵的時候有一點爽快，如同頑皮的小孩被細竹打到癢處，有些恰到好處。高毛就高毛，直到今天，我每天上班，仍然把我的髮毛，用吹風機吹得高高翹翹的。怒髮衝冠，憑在我辦公室陽台的欄杆前，滿懷激烈。自我感覺良好。

我父字輩的同莊人，稱蔣介石為阿石伯，我們小孩也跟著這樣稱呼。那個年代，設若你在學校聽到阿石伯蔣中正的名字，就如同聽到國旗歌，會自發性的立正站好。國中一年級時，由於我的智力測驗顯示智商還好，被編在普通班也還好。不過到了二年級，進入所謂的好班後就不好了。水土不服，屢受驚嚇。不是因為事，而是因為人。好班就是好班，吹著奇特的班風，那些同學們總可以把稀鬆平常的事做得很不平常，就連對阿石伯的尊敬，竟然也跟課業成績一樣出眾。

記憶猶新，新報到的公民老師，在課堂上講得口沫橫飛，我聽得輕鬆自然。沒想到他才剛低下頭來，念了一段課本：初來台灣時，進行的三七五減租，耕者有其田政策，先總統蔣公……砰，驚天一聲。老師的「蔣」都還沒講完，就打了咯騰一顫，惶惶問說發生了什麼事？我嘴巴也驚呼一張，猛然被這砰的一聲喝住了。回神後左右顧盼，才發現老師顯然與我一樣受到驚嚇，我偷偷的按住自己胸脯怯驚。原來，那整齊劃一的聲音，是來自好班同學對阿石伯的尊敬，每一個人在聽到「蔣」的當下，坐姿挺身，以手掌拍住褲袋。砰一聲，石破天驚。我向來舉止大剌剌的，見識了這般的大呼隆，心想，以後必先預習課文，看見阿石伯時先做好筆記，再做個深呼吸來推動心理建設。次日早點起床，早點吃早點，早點上學，早點備戰，以免又受驚了。

老師在了解始末後，故作輕鬆，反絞雙手，擠出了微笑以客語說道：哎呀喂，正經高毛，分你兜（給你們）嚇著咧。彷若他雖然被嚇到了，但這高毛的罵法，好像在告訴學生，老師不怎麼滿意，但是可以接受的。同學們一時笑聲迸發，前俯後仰，這時我又惕勵自己，今後該如何入境隨俗。久而久之，耳濡目染，那動作、那聲音、那反應，也悄悄滲入我的骨肉，內化以後反而技高一籌，上課老師一提起阿石伯，我會率眾人之先，還創新來個花式動作，先偷拍一下桌底木板以助鏗鏘。砰，彷若已逝的阿石伯，乘雷騎電，快閃課堂。

什麼樣的年代，唱什麼歌，生活處處都有阿石伯。阿婆一回在餐桌上，提到了阿石伯，我碗筷一扔桌上，砰一聲，她一樣受到驚嚇。事後她又好笑又好氣的罵道：高毛頭，鬼靈精。這樣的罵，淡淡的流露出對孫子的憐愛之情，記得自己當時還露出一副鬼頭鬼腦的笑。自此，我對「高毛」這詞，持正面看待，確認它無傷大雅，並想像當一個人智慧滿盈，以盛髮之姿茂出頭頂，風吹著，站在高處，多麼不同凡響。

在這個創新年代裡，我時常有意無意，就會想到這個辭彙。創意本來就可以拉筋，拉到無限可能又與眾不同。高毛，說不定會創造出高毛利。我期許自己的兒女，這辭彙把它留著，他們也應該可以高毛一些，再鬼靈精怪一些，讓生活添加鮮點，讓想法活來。老爸老來俏，兒女鬼靈精，高毛就高毛，實在不需要太多的忌諱。

香精骨

神桌前的香爐，清香裊裊。香燒盡後所餘留下來的細竹枝，國語名叫香腳，客家人叫它香精骨。我覺得一種東西的價值，經常取決於它的名字。以一炷香的時間，貫注精神、骨氣於一根細竹枝裡，我年少時對它就有了定論：香精骨，絕非泛泛之物。

整理香精骨，阿婆不假手於人。取下後收納於紅紙袋中，以火燒盡，趕在臨暗黃昏前，將灰燼倒入長流水中漂向天涯，寄寓著神力無邊。碌碌農莊，她步履茫然急迫，我則悠悠坐在茄苳溪那顆最大的石頭上，俟阿婆一轉身離去，我旋閉目冥思，想像那灰燼一路流入大海，一路流入星光寥寥的夜空，流入了未來。阿婆的說法永遠是一個說不完的故事，四海有神，八荒有神，我屢屢聽得呆愣愣的。但在生活上，我讓香精骨的精神骨氣，徹頭徹尾回到現實。

在作文簿需要用毛筆書寫的年代，回家後發現唯一的毛筆下落不明，眼看夜就深了，神桌前的佛像彷若對我竊笑，不經意看到香爐中的香腳，在清香燒盡的末端暗黑如墨。睡眼矇矓中，香精骨彷若是一枝紅豆筆，一時急中生智，以美工刀削尖，再以水泥牆磨擦略至微軟，匆匆蘸墨書寫竣事。發現香精骨要比羊毛筆實用，原來我僅有的那枝羊毫筆，由於羊毛過於柔軟全無彈性，年幼時用盡蠻力，總是拿捏不著運筆技巧，每寫作文一回，就立志一番，長大以後乾脆投筆從戎。然香精骨又挺又尖，線條容易控制。海畔有逐臭之夫子，我那歲數已高的班導師，次日下午第一節課，批閱全班的作文本後，在課堂上明白誇我的書寫「精神正好，骨肉均勻」。聽到「精骨」這樣的辭彙，一度心虛已被老師識破，本想自招認罪，沒想到老師又拿起作文簿示眾，並放在他的鼻頭前，深深的吸一口氣，以滿足的面容續誇我「字墨留香」。我偷偷掏出口袋中的香精骨，聞到一股清香撲鼻而來，猛然發現神力無所不在，差一點就掉下淚來。

我當下忍住了，眼淚只在眼中打轉，但打算在下課後，偷偷告訴我最要好的同學阿水這個祕密，又鑑於阿水的嘴巴大得像喇叭，恐怕守不住機密作罷。他是班上籃球隊主力，個子高大，與我搭配算來是天龍地虎的組合。那天下午第三節團體活動課與隔壁班比賽前，我一眼就發現他牙縫中又卡了他平常最愛吃的韭菜，對我來說雖然已司空見慣，但不知怎麼的，比賽前我卻渾身不對勁起來，像手被卡在岩縫中動彈不得。果然一開賽後，我和他便覺得綁手綁腳，失分連連，最後我實在忍無可忍，撈出褲袋中的香精骨，折成兩截，要他把韭菜剔除如同除害，其後果然如得神助，反敗為勝。事後他發現自己嘴巴紅紅的，我明白告訴他，那是香精骨的紅。

那有神，阿水說。救人救徹，救火救滅，此後我好人做到底，每天爬上神桌拔下兩枝香精骨，隨身攜帶，在阿水的門牙頻頻困住菜渣時拔刀相助，但又擔心他吃下太多的紅色素，幾經思量，我在出手前，必先將香精骨放入胳肢窩裡擦一擦，如同磨刀，向來俐落見地，賽事皆捷。

上星期回鄉，老父親悠閒斜躺在睡椅中，拿了一根細棒在耳中掏呀掏，看他舒服自得。趨前一看，是香精骨。

「什麼年代了，掏耳屎要找專業醫師，再不然也有棉花棒呀！」我對著耳背父親大聲說。

「香精骨正好用呀！快樂像神仙。」他以客語應我，續旁若無人的掏著。

下筆有神，剔牙有神，掏耳有神，精神骨氣歷久彌新。在我走南串北，東西奔波多年後，我對客家香精骨這玩意兒，有了一個更新的結論：要它做什麼用，就先取個好名。

貓徙竇

貓徙竇，客家語，貓搬家的意思。竇，孔穴也。母貓眼神若帶防備，以嘴巴拎著小貓，站在三合院屋頂的正脊上。牠向左瞥我一眼，回頭凝神片刻，再看我一眼，確認我仍站在原地，旋即一躍，離開我的視線，將小貓搬到最安全的地方。

母貓徙竇，是動物版的孟母三遷，為了小孩頻繁搬家。比起孟母，我覺得母貓比較辛苦。牠搬家像逃難，要一分心眼，二分心機，七分速度，就怕曝光被我發現牠的去處，占了小貓玩不肯還牠。於是，牠三不五時就搬家，我阿婆常用貓徙竇，笑一個人，事情做不住，經常換東家。然而頑皮的我，總是窮追不捨牠的去處，在我童年鉤玄獵祕式的探索下，自有不同的見解，我認為貓徙竇，根本就是想瞞天過海，守密到家。

結婚二十多年來，我多次在家中，發現自己擁有貓的眼神。

高中畢業前夕，與隔壁班的K，短暫交往。戀情若有似無，如蜻蜓點水，又如鏡花水月，存在又不存在。我好像是在一個如墨的夜裡迷路了，走進空蕩蕩的羊圈內，羊隻已去，我癡坐很久，夜色與羊騷味攪和後，沾滿我的身體，經過多年，仍無法除味。大學聯考還沒放榜，接到K的電話，說要和我分手。她是硬底來著，我可以想像她在講電話時，側身，昂著頭，鼻孔對著窗外出氣，分手這事沒得商量。掛下電話後，我大哭一場。幾天後，她寄一本書給我，用月曆紙包了書皮，在扉頁題了字：雲淡風輕，一切歸零，K留，73.08.04。

現在想起來，青春男兒淚，不是難分捨，而是和K根本沒牽過手，就被揚言要分手。這本書，我壓根兒不想再翻閱，但連肉帶皮留著，特別是K親手做的書皮，我沒拆下，是出自於對過往的珍惜。婚後，我一直怕妻發現這本書，它夾雜在汗牛充棟的書房裡。每次和妻同在書房，屢屢不經意的偷瞄，那本書是否仍在原位。設若有一點點的風吹草動，就會撼動我敏感的神經。

假日的午後，妻整裡書櫃，在目標區徘徊，我連忙作勢協助，拿了一個小小紙箱，告訴妻想把一些舊書回收，若無其事將那本書放進箱內。搬起，離開書房瞬間，向左瞥她一眼，回頭凝神片刻，再看一眼，確認妻表情無異後，躡手躡腳迅即離開她的視線，抽書，放在雜物櫃的最底層。沒想到過幾天，她又站在雜物櫃旁，我同樣虛晃一招。家就這麼大，這麼多年來，我如法炮製了貓徙竇，搬到這裡，搬到那裡，卻總是搬離不開我的心裡。每每在城中，看到流連在外的一隻貓，我會刻意的靠近牠，仔細看貓。瞥眼，凝神，沉思，快速離去。發現牠像極了自己。

隱慮在心，坐臥不寧，這樣太累了。最終我決定將那本書，放在冷落的頂樓倉庫，不再以心眼心機千方百計的閃躲。拿著它上樓，就在樓梯口和妻當頭對面撞個正著。可能是因為心虛，一下間失去了貓徙竇的本能，書本掉落，書皮落開，飛出一張二吋的大頭照來。

是K。多年後我才知道，祕密中還有祕密，連我也被隱瞞這麼多年，在泛黃相片的背後，黃點如豆，依稀可辨的字樣。妻清了喉嚨，嗯哼，大聲的向全家張揚：國居，永遠記得我們的青春夢，K。

我的頭皮麻炸，如遭電擊一顫，從妻的手中搶過相片來，看著K，她還笑著。我很想哭。

濛沙煙

濛煙如霧，我看著母親走進去了，我卻始終走不出來。

一個冬日清晨，母親拉起我的右手，要我摸她的右腹。我用手指肚來回摩挲，掂了又掂。突然如遭電擊，驚惶縮手。她的腹裡有一個如柱的硬塊，如同堡壘，又似灘頭，正圖謀不軌的要占據她的江山。她看著我說，腹裡藏的是濛沙煙，她希望自己可以再活十年，一定要看我長大。她拿起扁擔，挑起高腳欄，逕自走出門外，沒入濃濃的霧中。

濛沙煙，客家語，指的就是霧。四十多年了，母親仍活在她的江山。她壓根兒不想知道真相，來自害怕真相。生活在不易的年代，生病更難，於是她把可能發生的病灶，暫擱在人生的大混沌裡。她就這麼的走進霧中，那天我坐在門檻，一直等著母親在混沌的濛沙煙裡，挑著芥菜回來。

我曾經興頭興腦眠思夢想，要找個法子為母親除去腹中之害，給混沌一點厲害嘗嘗，最終沒給它一點顏色瞧瞧的原因，是因為自己始終不夠厲害，在我沒擊倒混沌的瞬間，就被混沌擊倒。我的人生最後墮落在一幕又一幕的濛沙煙裡，牽腸掛肚又患得患失，深怕有這麼一天，母親將悄悄的向另一個世界睡去。

念小學時，班上有三十四位同學，六年時光，有七次這般的經驗。早自修，冬日窗外灰濛濛的霧，整座天空混濁、滯重。老師坐在前方批改作業，全班低頭自習。突然，哐啷一聲，有人咿呀的推開了教室的前門，一時之間攬住所有人的目光。通常來者都是赤足，頭戴斗笠，面色凝重，指明要某某同學速速回家。帶人的與被帶走的，彷若早有默契，瞬間像眼睛吹進了風沙，紅腫起來。我坐在窗邊，偷偷歪頭怕人看見，望著他們離去的身影，一滴點一滴點隱入濛沙煙裡。教室寧靜無語，漫長無助，彷若整個村莊的人，都等著歲月發配。

過了幾天，村莊就會有一支自發性組成的送葬隊伍，經過學校，往三公里外的亂葬崗去，嗩吶一路流出的聲音低沉，鑼鼓再響也壯不了我年少的膽。我從小就害怕，去學校上課時，突然有人推開教室的門指名要找我。這麼多年過去了，母親活過了十年十年十年又再十年，但是那巨大的混沌仍不時壓肩疊背而來。回首每個十年，疾疾如湍流渾然一地，那腹中的灘頭堡，或許在母親強大的堅持下霧化了，但對於一個經年離鄉的遊子而言，那　啷的門聲，那鈴鈴電話作響，以至於「叮咚」的一聲LINE，都會抽動靈魂的深處。宛若這天地，四時都在濛濛的煙霧裡。

客家的濛沙煙，這個辭彙是形而上的，是看不見的未來。如果用長度量計，界線不明。如果是寬度，廣袤未知。這樣的不明，那般的未知，交錯出戒慎恐懼的遊子情懷。

寫大字

九二年，我到上海，夏夜的黃埔江畔渡輪悠悠，繁華若夢。船行，總讓我想起了送別，想起「勸君更盡一杯酒，西出陽關無故人」的詩句。渡輪冉冉沒入黑夜，白日醒來，我在江邊的旅館閱報。一千七百年前，在距離陽關六百里的樓蘭國，有一個羌族的女孩，以毛筆在殘紙上寫給她男朋友的情書，出土多年後被報導出來。我彷若在二十一世紀的中國上海，接收到她捎來的情書。三言兩語的親筆書寫，我的心早已被她俘虜得易如反掌。

羌女白：取別之後，便爾西邁。相見無緣，書問疏簡。每念茲時，不舍心懷，情用勞結。倉卒復致消息，不能別有書裁，因數字值信复表。馬羌我猜，她應該是在窗邊書寫的，窗外黃沙滾滾，流經羅布泊的孔雀河就要淤塞，整個樓蘭國逃不了沙漠風暴。她和男友分別後，心裡知道再相見遙遙無期，萬千不捨時時向西眺望。信最後沒有寄出，當然這名漢人男子，也沒收到這封異國情書。我覺得自己好像是潛進了古樓蘭，看了這女子寫信的過程，她的神情哀傷，她寫字專注，線條情感豐厚，情深墨濃。她是才情女，邊寫邊哭，惹人愛憐。我彷若參與了她的愛情，書寫時的思考，聽到了她穿越時空的呼喚。

我六歲的那年，純樸的客家莊發生一件與書寫有關的搶案。夏夜星光燦爛，蝙蝠天空飛旋，阿公坐在禾埕納涼。一個年近三十衣衫襤褸的男人串門前來，兀自席地而坐話起家常。這麼晚，來到這麼偏僻的農莊，卻始終探不出他的來意。他看似溫文，非橫眉豎眼來著，但夜深仍不肯離開。阿公叫我先上床睡覺，然後抬起交椅轉身入門，瞬間，那人狂奔到豬圈隔壁的番薯間，把衣服脫下，包了十來條番薯就要離去。阿公聲色俱厲上前阻擋。那個年代，番薯也是農莊的主糧之一，拉扯間那人不慎磨到磚角，臂上血流如注，一旁的豬隻也傳出不安的啼聲，驚動左鄰右舍前來。我們有人多的優勢，但他始終沒有逃跑，沒有回擊，牢牢護著懷中薯，阿公從他的神情中，掂出了他的無奈，示意眾人不再攔阻。他低頭，弓身，蹣跚沒入暗中。

數年後一個清晨，我們家收到一封信，信皮兒是毛筆書寫的。

「寫大字个信。」阿公邊想邊搖頭，心中響起悶雷：「種田人算來係做武个，仰般會收到文人寄來个信？」

「阿公，沒定著係寄分國居个？」我讀書後，認定自己將來是要拿毛筆寫大字的，我不想被歸類武行。心想，信封上只有寫了住址，收件人又署名葉府，既然如此，誰規定只有大人才能收信。

寫大字，客家語，寫毛筆的意思。阿公是一家之主，由不得我們小孩做王，拆開信封，十行紙寫了密密麻麻的書法，裡面夾著十張十元的紙鈔。是番薯大盜寄來的，信中滿滿的歉意，說當年身陷困境，那些番薯讓他活了下來，如今已落地生根，感謝阿公當年不予追究。既然信皮上沒有指定信是要給誰的，阿公先選擇了紙鈔。二哥說要集郵，分了信皮。我指明要那張信，也只剩下信了，但卻讓我喜出望外。強盜的書法令我讚嘆，是我童年時最珍惜的習書帖。工整的歐體，一筆一畫，道歉毫不含糊。字體端莊，態度恭正。我把它置於抽屜內，每當打開時，鞠躬叩頭，響起了句句的抱歉聲。直到我把它弄丟的多年後，那聲音仍不絕於耳。

人生脆弱，大漠永恆。世間事，向來只留惆悵，任人空憑弔。但是書寫讓沙土飛揚乾巴巴的愛情故事，活鮮過來。一個在信皮和肚皮之間的強盜書寫，也讓我看到了天長地久的真誠悔改。我深深相信，字在，人就在。書寫，讓情感思想得以延長。這麼說來，客家莊的寫大字，大小，已經不是重點。大，之所以為大，是透過書寫，注入的真性情，得以穿越時空，影響無遠弗屆。

如今我手機中，一天千百封LINE的訊息，剪貼、複製、分享、小兒夢囈、腐叟胡謅，五花八門難以盡舉，相同的信揹給很多人，很多人寄給我相同的信。若與一封寫大字的信箋相較，那真誠是多麼微不足道。

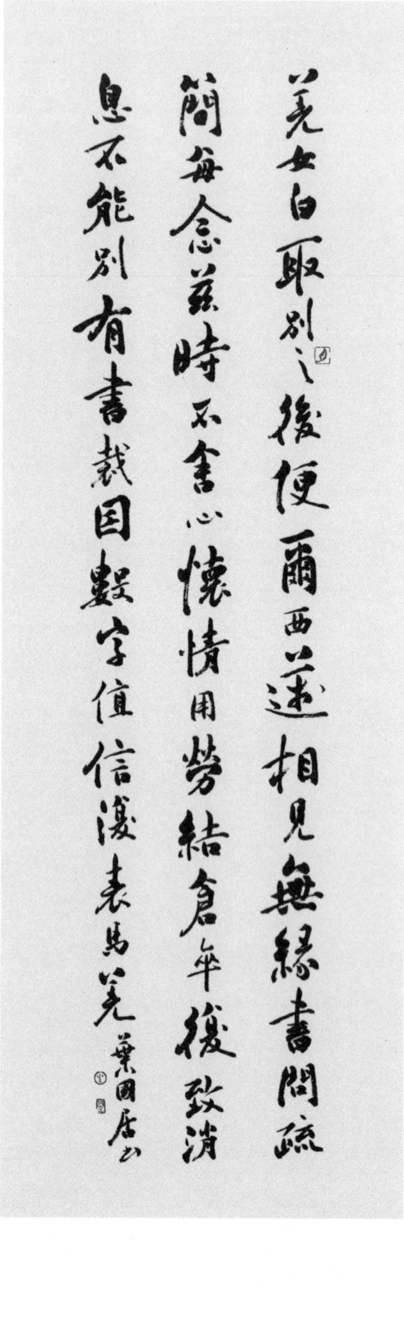

羌女白：取別之後，便爾西邁。相見無緣，書問疏簡。每念茲時，不舍心懷，情用勞結。倉卒復致消息，不能別有書裁，因數字值信復表。馬羌。　葉國居書。

老樹

來台中二十多年，我總共搬了四次家。前三次阿婆很快就找來我的夢裡。我確信在幽明之間，我們祖孫有一個共通的辨識符碼。那是老樹書寫。她才能路遠迢迢，穿陰過陽，在茫茫人海中知道我身在何處。

老樹。客家話，指的是棺材。世間有巢氏築木為巢，製棺者為老去之人在陰間以樹造屋。對客家人來說，陰陽各有一種形式的老樹。但很少人像我一樣，與它們過從甚密，我在它們的膚上書寫，像岳飛的母親在他的背上，留下的「精忠報國」。膚上的書寫，讓字生了思想，起了意志。

由於那個年代紙張得來不易，一天撕下一頁的日曆紙，不敷我寫書法的需求，寅吃卯糧式的書寫，讓日曆亂了時間。阿婆三令五申，不准我動輒就提前了初一十五，拜神燒香點茶的時間。於是我就地取材，從屋前的幾棵蕉葉，寫到屋後的茄苳樹幹。老茄苳樹又大又肥，逃不過我的眼線，稍做處理後，經常被我塗得體無完膚，一棵樹慢慢長成一本書，阿婆每回站在後門那棵老樹旁，隨著樹幹的曲折看彎了姿勢，頻頻點頭咂嘴。她說，當靚。

我國中時，表哥從木工轉行做棺材，我受其委託在棺木上寫「福」字，刨平的老樹上漆後，平整易書。表哥為老去之人製造老樹，我則為老去人之在老樹的外觀上妝點新家。阿婆從不趨前。有一回，她路過棺材店，我猛力的跑出去叫她，她卻更快步的離開了。我追問阿婆要不要進來看我寫字，她頭也不回的說，以後就會看到了。

隨著我年紀漸長功課越繁，表哥出品的棺木，是用我的字製卡噴漆的。阿婆往生時，她住在老樹裡，宅外是個福字。一鏟一鏟黃土，將其覆蓋在黑洞洞的穴底。那個夜晚，我夢見老樹在密不透風的地底根鬚蔓延，疾行而無聲的一路朝老家而來，以巨大的盤根錯節，找到了連結，破土爬上我童年留字的老樹上。

我始終有一種感覺，阿婆的死去，讓我的書寫，貫通了陰陽幽明，如同出土的文字，連結今昔一般。每回搬家，院落有樹，我在其膚上墨留隻語，彷若交感相應，阿婆那個夜晚便一定會來到我的夢裡。我告訴妻這件事，她總是覺得無根無著難解難入。第四次搬家時，來到城中的九樓華廈，沒有院子，沒有植栽，數個月過去了，我始終未夢見阿婆。雖然心中有一種難以言狀的焦慮，但由於自己年歲漸大，閱歷世事後，告訴自己那通陰穿陽的說法，是荒唐的巧合。幽幽遠矣，早不可追，阿婆有阿婆的道路，我卻要在每個朗朗青天裡，面對滾滾的未來。

假日和妻撐一把雨傘，雨很大，經過大雅花市，復聊及此事。走著走著，雨打在臉上，流進嘴裡，老是感覺帶些鹹味。

還是買一盆樹吧！妻看了看我的眼後說。

黃槿樹根露出土面，根幹粗壯。那個午後，又忍不住複習荒唐，拿筆在其上寫了一字。夜晚的夢中，我聽到阿婆的步伐，從過去捶響到未來，她經過我們的新家，在陽台做了短暫的停留。她說，當靚。

醒來張眼，耳畔雨聲如蹄。我告訴妻，阿婆已經找到我們，但已乘騎遠去，沒入窗外的濛濛裡。

笑面水

阿婆在我童年時，向我講了一件會笑死人的事，我直覺是騙小孩的瞎話。豈料半百以後，我越來越懷疑，假話也會成真。

我們家有一塊靠河的田，名字叫作「埤塘底」，整畝田爛泥巴，又深又軟，終年積水。阿婆在埤塘底，栽種二十一棵號稱美人腿的茭白筍。埤塘底是小孩的禁地，我個子不高，入田如陷流沙，一不小心就會有滅頂的危險。阿婆三令五申，要我離它越遠越好，可是她自己卻經常在埤塘底徘徊，我一直想查明原因未果。一日正午，阿婆好端端的，從那畝地栽了跟頭，亂髮爛泥，汗津津、氣咻咻的跑回家，滿臉泥巴中還露出一口白牙，我以為她發癲了。

我被她嚇得惶惶不安，跟她屁股到井邊，看她打水清洗。直覺事有蹊蹺，問她，都大中午了，怎跌進那畝田？她說近午時要回家做飯，看見一女人，著古裝，採單腳跪姿，左手按住田埂，以右手掌心當瓢，舀水起來洗臉。她趨前一問，原來是古代的美女貂蟬。聽阿婆說，那女人一翻過頭來，笑容如風掠過水面起了漣漪。同為女人，阿婆被她的笑容呆住了。貂蟬說那畝田水，被如漿的烈陽曬得嘻嘻笑，就像在熱乾鍋中倒水，「嘻」一聲，尾音長長，是笑面水。她笑笑，楚楚動人，她專程來客家莊，用笑面水洗臉，再回去古代迷死人。阿婆說她起初也不相信，怎麼古代人跑來客家莊。不過看看她全身的打扮，絕非本地人，更不是現代人。她笑容美得讓阿婆卸下心防，於是學她用手心舀水洗臉，溫熱宜人。洗著洗著，阿婆發現埤塘底的水倒映自己的美麗，眼怔怔的望著自己，細妹，恁靚。由於過於入神栽了跟頭，慌忙爬起來時，那美人已回古代去了。我不信不信，就是不信，用我家埤塘底的田中水洗臉美容，荒誕可笑。暗自猜想，阿婆一定是不小心跌倒，還編了個曲折的心路，肇禍來個倒栽蔥，我壓根兒就是不信。一直到國中，我在歷史課本認識了貂蟬。心想，那女人怎可能路遠迢迢從東漢跑來桃園客家莊，斷言此乃耳食之談，荒謬無以復加。不過這事在我讀大學了以後，認知開始動搖。大姪女出生時，母親凡事慎重。第一次為嬰兒洗澡，那時我們家還沒有熱水器，看見母親取薪直往灶膛裡塞，火劈劈啪啪，眼看大鍋子都快起火了，她才不慌不忙灑下一瓢水。瞬間，「嘻」一聲，尾音長長。我呆愣愣的望著，那「嘻」一聲，復述了我記憶的童年，那早已逝去的貂蟬往事。

笑面水，溫溫的。母親得意的說，笑容不用花錢，但可以給別人富有。客家人習慣用那「嘻」一聲的笑面水，為初臨世間的嬰兒洗第一次澡，傳說洗過笑面水的小孩，長大以後笑容滿面，人緣極佳，那是對下一代待人接物的無限期許。阿婆早已在遙遠的山崗，留下那笑死人的話渣，突然在我的心中正經起來。原來，笑面水是有來歷的，非阿婆胡扯瞎說。

洗過笑面水，真的不一樣。姪女至今已二十好幾，異性緣好，笑得燦爛，就像夜晚的星星，會招攬眼睛。但彷彿這一切與姪女自身無關，因為親朋好友咸認為是我媽的功勞。姪女越來越大，我越發現笑面水的神奇功力，遠近馳名也震古鑠今！四十年前貂蟬造訪埤塘底一事，亦恐非瞎話。

頓恬

頓恬，客家語，停下的意思。朋友不明就裡，以字釋義，說頓恬，是一頓甜美的大餐。

大餐之論，令人莞爾。客家莊的小孩會吃飯，就要會做事。我讀小學三年級時，就已學會插秧，赤腳涉入爛泥，踏遍地頭地腦。「插秧神童」的封號名噪一時，由於受到盛名之累，我總是假想別人都在偷偷注意我，任由虛榮心擺布，鎮日弓身，一路駝背到今天。我最喜歡阿婆，在我童年腰肢快被偌大的田畝折斷時，她以竹籃挑著點心，如同菩薩涉深救危：「頓恬喔！先食點心囉。」

天寬地闊，長路漫漫。順著田埂的走勢來來回回，我彷若在沒有終點的跑道中奔忙。頓恬，讓一個小小的插秧神童，得以名正言順稍做停歇。聽到阿婆的叫聲，我旋停下手邊的工作，在枯枝、野草的牛車路上，躺下，滾了又滾，宛若聽到背脊發出一陣各刺刺的聲響。頓恬間，讓早已彈性疲乏的筋骨迅速歸位。起身咕嘟喝水，大口吃完點心後接續下田，這樣的日子過了十個寒暑之久。之後我離開客家莊，在異地求學工作，近三十年來，拜科技之賜，耕農方式丕變，大量機械化取代人工。頓恬食點心的記憶，已隨時間遙遠。這個辭彙，漸次依稀。

九十七年，我公旅生涯初任單位首長，自視年輕身體健壯，黑家白日的工作，充分發揮了不休假的精神。一日我身體微恙，肝功能指數破表。腸胃科的主治醫師是一位客家人，年近八十了，倍覺親切。他告訴我，人生是一個走走停停的過程，如果只會走，不知停，所有的功名都是假的，老婆也是假的，兒子也是假的。

呀呀呼！我說醫生，這樣的論調我不以為然，我告訴他親情在自己心中的永恆。老婆兒子，假的不會真，真的也假不了。他反問我，如果有一天，當一個人不存在時，要如何感受自己仍然擁有？我一時無言以對。

「知頓恬，正係人生路。」他轉動滑鼠，穩紮紮的以客語告訴我。

我在離開客家莊數十年後，第一次在城中聽到「頓恬」的辭彙。走過千山萬水，閱盡人情事故，對「頓恬」二字體會更深了。客家老祖宗的頓恬，已非止於停頓，更深遠的「恬」，是一種能進能退的恬淡自足。頓恬，教客家子弟，非只爭旦夕，設若人一旦陷入了名韁利鎖，疾病顛連，勢將錯過人生。

次日，我放假去了。便裝初登大坑步道，在觀音亭，我看到山景壯麗。亭，就是要頓恬，停下。山路迢迢，有良亭美景，而人生山長水遠，我彷若在頓恬間領略人生的美麗，是一頓形而上的大餐。

㖸雨

客家人形容淋雨，叫㖸水或㖸雨。雨落肌膚，宛若天上飛來無數麻雀，以喙往身上㖸食，有一種綿密密的貼切。又像大珠小珠落玉盤，聲音清脆，滴滴點點，要淋雨的人才能清楚領略。

老家半里外，是茄苳溪與新屋溪二流交會處。雨季來時左右沖刷，彷若造物者，以雙手日挖夜掘，成為一個方圓十公尺大的圓形深潭。客家莊稱之為鑊𥑮底（鍋子底）。鍋子底的四周彷若止不住的滑水道，每年暑假，總是會有一兩個外地遊客流連忘返。滑下去，就沒再爬上來。

這些人在鑊𥑮底找到入口，靈魂卻找不到出口。

旱季來臨時，水位探底，一個鍋子的雛形逐漸完備。日東月西，逐日從外緣緩緩下降。我偷偷注意這件事很久了，並設想有一天，鍋底會被太陽燒乾。不過，在這一刻還沒來臨之前，鑊嫲底仍然深不可測。我感覺自己不懷好意，又不敢靠近。

這年適逢客家莊百年第一旱。一日午時，蟬鳴，人稀，物昏沉，熱辣辣的柏油路就快發起燒來。堂弟坐在芭樂樹上遮蔭，瞥見一孩，身長三尺，著雨衣，穿雨鞋，戴斗笠，持長竿，裝扮顯異於本地小孩，低頭，踽踽行於小徑。天乾物燥，小孩整身卻濕淋淋的。堂弟直覺怪誕，尾隨側密。看小孩往鍋子底潭方向走去。他碎步跟隨。卻在靠近鑊嫲底時，一晃眼就跟丟了。

怎麼轉瞬間就不見了？頓時他胸中悶雷響起。小孩能去哪？日頭天，禦雨裝，就算會飛，也是慢慢飛，怎可能才一轉眼，無端就化煙作雲。一向心眼靈活的他，杵在溪堤上來回踱。往天空看看，又低頭望望。他終於發現了地上水痕，從路上，石卵溪堤，再順著溪堤台階走下溪中石，一路低頭查去。駭然發現，在緊臨鍋底潭的一塊大石上，剛剛流出一道屋漏痕。他心驚未定，再抬頭望望，確認四下無人，再低頭，他又發現潭中一支直竹竿晃悠悠的，水中起了微微的漣漪。一陣寒意，從後腦勺，一路涼入背囊骨。

他猛跑上岸，鑊嫲底的水這時已平靜下來，他心湖底卻掀起了一陣黑風孽海，狂奔中跑丟了鞋子，回家躺了一天不起。一連數星期，每回再路過，回家後就無來由的軟弱無力，彷若中邪。好事者如我，踵其事，刨其根，在熱烘烘的大中午，我會冷不勝防出現在岸上，狠狠往鍋子潭中一瞪，好幾次把路人嚇得夯嘴夯腮的。我懷疑，那些找不到出口的靈魂，會在不為人知的情況下，圖謀不軌。那些湖底的靈魂，老早在湖底生活著，成為一個家族，壯大成一個國度。水底之人，在這種大旱時節，在水位下降到某一個尺寸時，他們可以順理成章上岸逛逛，回憶他們曾經失落的人間，如同舊地重遊。

旱象依舊未解，村人決定向保生大帝吳真人祈雨，我自願抬神轎。一向不信神事的堂弟，法會清晨騎車出去做水泥工，不由自主被神召回保生廟前。脫掉上衣後就起乩了，成為吳真人的替身。

神說他說，進鑊嫲底抓魚，三日內㧡雨。

我隨著神靈指示，四人一轎衝入鍋子底。這是我生平第一次踏入孩時禁地，水位在大旱時局嚴重下降，我頓時覺得鍋底別有洞天。天公呀落水呀，岸上眾人喊破喉嚨。我在鑊嫲底彷若置身枯井，嘈雜間，聽到異國異地的人聲車聲，恍惚是另一個世界。我還聽見一個小孩，他緊抓著我的小腿，對我大聲說別來別來，走開走開。我努力跟著神轎左搖右晃，上了岸。滿小腿流著鮮血。長長一道十來公分的五指抓痕。

那日下午，大雨如注。村裡男人紛紛脫掉上衣㧡雨。雨水滴滴打在我的身上通體舒暢。起乩的堂弟在大雨中痛哭失聲，他告訴我彷若麻雀已㧡走他的業障遠走高飛。鍋子底水位驟升，隔開陰陽兩界。啄水，洗盡塵世紛擾，彷若一切都成過去。

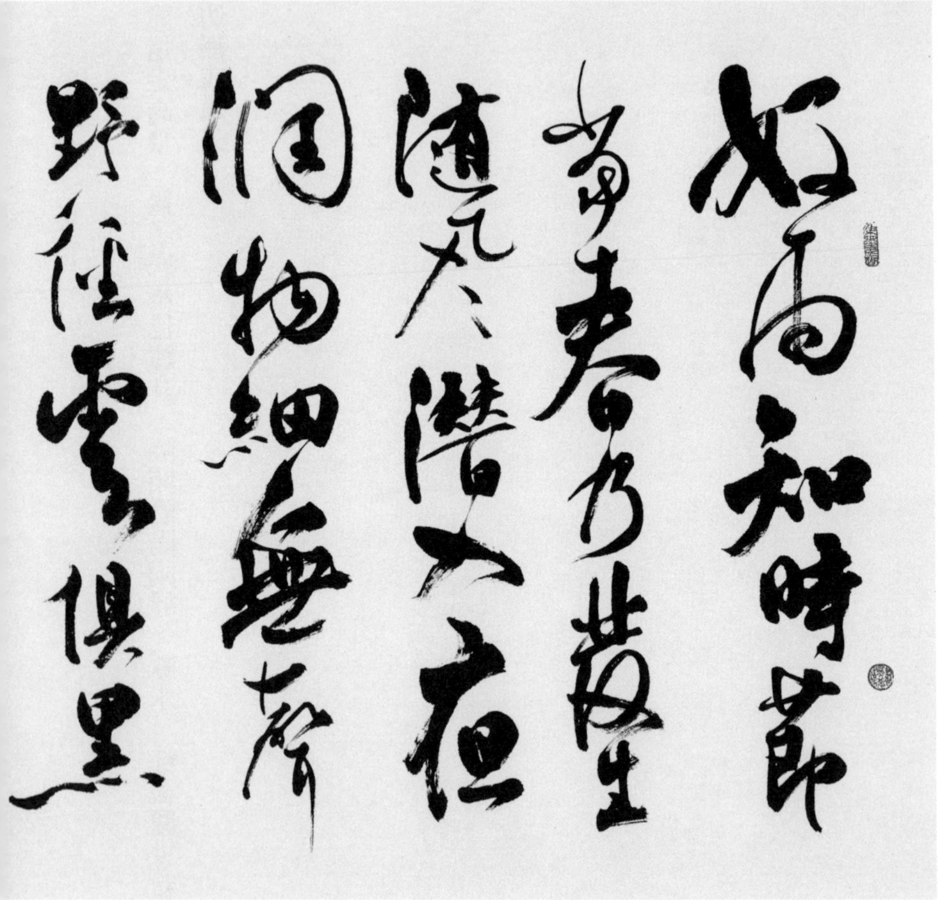
好雨知時節
當春乃發生
隨風潛入夜
潤物細無聲
野徑雲俱黑

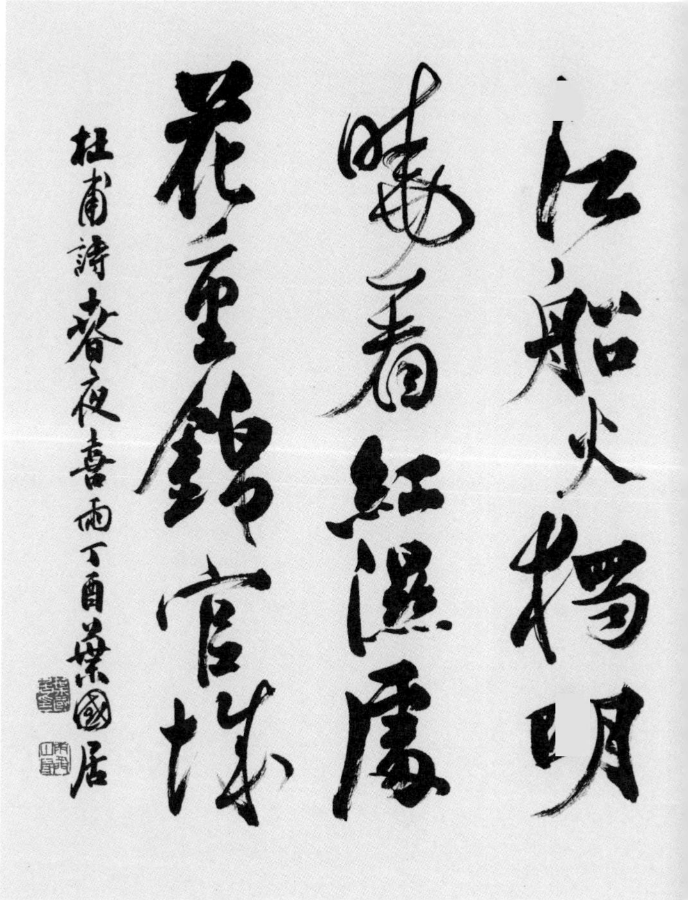
江船火獨明
曉看紅濕處
花重錦官城
杜甫詩春夜喜雨丁酉葉國居

好雨知時節，當春乃發生。
隨風潛入夜，潤物細無聲。
野徑雲俱黑，江船火獨明。
曉看紅濕處，花重錦官城。
杜甫詩〈春夜喜雨〉丁酉 葉國居。

走醒

　　我在母親的一通電話中，得知下莊的牽豬哥走了。老一輩的豬農四散，彷若一陣紛揚的沙，留下悵然，也一併帶走我的青春回憶。

　　他與父親同齡，理論上我要叫他同年叔。喚他牽豬哥，我沒有絲毫的貶意。他年輕時候就立志要牽豬哥，算來是莊內唯一坐擁柴油三輪車者。轆轆馬達起動，種豬爬上車，汽油味、豬糞味夾雜莊稼味，是記憶中鮮明的家鄉味。他與牠，是繁忙客家農莊煞猛（勤奮）打拚的另類形象。就某一種程度來說，他與牠都是做大事的人。

　　仲夏，我們家的三間豬圈，一頭母豬暗夜難眠，在燦燦星光下胡亂叫鳴，我在寐中隱約感受到不安的騷動，零零落落的從豬舍發出哐哐聲響。農事忙，豬來亂，寅卯之交，天矇矇，月晃晃。阿爸跳上腳踏車，行色匆匆到下莊去找牽豬哥。同年叔來時，我已經起床了，跟屁股進入豬舍。駭然發現，那頭母豬摸黑拆下圈與圈間的簡易格柵。明明天黑前牠還在左圈，天亮時已在右圈，無掩無遮將雙腳大剌剌的跨在其他豬的身上。

同年叔趨前，俯身，用手拍了幾下那頭母豬的屁股。我覺得母豬好像聽得懂他的語言，起身，直挺挺的立正站好。只見牽豬哥宛若騎馬般，一腳跨上母豬的身上，坐了下去又登時彈起。母豬依舊四平八穩。

「走醒咧！」牽豬哥三兩下工夫，憑經驗斷事，一溜煙就不見了。他丟下了這句話，我呆愣愣不解首尾，父親一派自若，彷若諸事也在掌握中了。幾刻鐘後，我聽到三輪車轆轆轆轆朝我家前來。寧靜清晨，宛若戰車，種豬雄壯威武，牽豬哥握緊把手，不可一世。我喜歡他那個出征架式，赤腳跑上前去迎接。吸穢氣，聞黑煙，又回頭追著他們，甘願為他們的侍從。

種豬下車，小孩迴避。我偽裝走避，旋又繞遠道從豬舍另一頭匍匐前來，藉著楊桃樹遮掩，從豬舍通風口一覽無遺。同年叔拿著三兩枝細竹尾巴，一口清脆的啐痰聲後，接著低聲吆喝。種豬迫不及待的往站得硬挺挺的母豬身上跨去，我目睹一場翻雲覆雨的過程，其餘無關的豬隻，頓時響起了不安的蹄聲。我心怦怦跳著，那是我童年的性啟蒙。幾個月後，我們家母豬大腹便便，產了十二隻頭好壯壯的小豬，父親喜形於色，特地包了一個紅包給同年叔。

稍長，我方才了解。走醒，客家語，是動物發情發春，走著，醒著，睡不著覺。是一種自然的情慾與繁衍的渴望，牽豬哥媒介整個客家莊的生計命脈。當他一直老去，和同年的父親一起老去。這些年來，我每每從城中回客家莊時，只要一看見他，滿腦子迴繞的是青春的種豬。他不會老，也不曾老，即便我已半百，我始終都這樣覺得。給別人青春的人，活著就是青春。

時過境遷，牽豬哥的行業早已不復聽聞。人工受精的先進科技，漸次掩蓋一隻動物走醒的渴望，剝奪了牠們粗糙卑微的情慾。豬，似乎只為人活著。或許，同年叔是我認識的最後一個為客家莊母豬的走醒，日夜奔忙的人，他給予客家莊豬仔，另一種生命的意義。他學種豬跨騎母豬，那是出自於一種民胞物與的感知，像了解一隻美洲蟬，蟄伏地底十七年後破土而出，在僅僅數周的生命裡，放鳴覓偶，交配繁衍的渴望。偶聽及朋友，以「牽豬哥」這個辭彙來引申媒介色情，當下義憤填膺，帶些衝動的想糾眾團豚，那些非真識牽豬哥的人。

上周日我回鄉時，路過同年叔的種豬寮，傾塌頹廢，從左右兩側灌進失留屑歷的風兒。呼呼中，我恍惚聽到有人低聲吆喝。我和母親在電話中確認，同年叔那時正在生死拔河之中。彷若在他人生的幽明之交，仍不忘其一生立志的初始。

糶穀青

年輕時，讀及唐朝詩人聶夷中「二月賣新絲，五月糶新谷；醫得眼前瘡，剜卻心頭肉」的詩句時，登時心頭發涼。二月蠶還沒養，五月稻穀還沒熟，就先把它們賣了。當穀倉成為一個空心架子時，想到就會令人心慌。

父親這一輩的客家老農，很多想法總是在老框框內打旋磨。裡子重要還是面子重要？想法不同，結果自然就不同。我考上大學時，算是莊內屈指可數的幾個大學生，但註冊，買書，生活費等等經濟問題壓肩疊背而來。裡子派認為，大學大不孝，書讀的越好，將來離父母越遠。面子派認為，田埂埋沒許多人才，男兒要立志出鄉關。一橫一豎，兩派拉拔。父親不受左右，他想不了這麼多，認為甘蔗就是要一截一截啃，要我先念了再說。

民國八十七年，我大學畢業後已經過了十個年頭。一個寒冷午夜，我噩夢驚醒，猛然立起後跌坐床頭，冷汗直流。驚動熟睡中的妻，她以為我夢見鬼了，連忙起來幫我拭汗。

我夢見微積分不及格了。我很想告訴妻，這件事比撞鬼還可怕。

那年五月驪歌初唱，同學紛紛榮歸故里。我獨留學校，為三修的微積分揮筆奮戰。大學四年，我鎮日沉溺在文字間，寫書法、寫散文，卻疏於數字的管理，那些需要演算的會計、微積分，經常數三落四。三修如果再不及格，將會面臨被退學、拿不到畢業證書的壓力，在這種極度驚恐的氛圍下，夢魘一生如影隨形。我自此被微積分綁架一生。

恐懼其來有自，每學期註冊時間，約莫是國曆九月。驕陽仍熾，把大樹影子縮成一團。黝黑的父親個子不大，他拿著鋤頭學習鐘擺。從遠處觀之，父親一如大鐘的軸心，青春在擺動中如流逝去。滴滴汗水滴滴苦，粒粒穀也是粒粒錢。大四上學期開學前夕，父親站在田埂上，忽焉向前走走，忽焉向後跺跺，反反覆覆蹬了又蹬，看了又看，為了註冊而糶穀青，在急錢的時候，穀價總是抬不起頭，心焦焦的在捨與不捨之間。

糶穀青，客家語。糶，音同跳。意謂把尚未成熟的青青稻作賤價先賣。有一種跳樓大拍賣式的剜肉醫瘡。那一年，上畝田糶穀青，下畝田留下來顧肚皮。父親不計代價供我讀書，讓我浪蕩的大學生活猛然覺醒。我深怕他跌股傷心，心血付諸水流，反而更加深了背水一戰的意志。我因對微積分這門課程，向來無法融會貫通，在強大意志力的驅使下，所有演算式都用背的，像一個只會招式卻沒有真功夫的人，花拳繡腿的在驚濤駭浪中搶灘。

即便如今，我仍然愛上文字勝過數字。為了生活，我還得鎮日周旋在數字的叢林中，才得以餬口養家，安居樂業。紅塵滾滾，世事難料，多年以後，再回首客家莊糶穀青註冊這件事，我不再以為它只是顧救眼前之急。相反的，它是一種長線投資的策略，督促客家子弟要時時戒懼，心心常似過橋時，才能在人生漫漫的長路上安穩立足。

那昨日的魔鬼，或許是今天的戀人。

那日坐在床頭，漸次回神，彷若經歷從地獄被拉回天堂的過程。我已結婚生子，孩子身長三尺呼呼的在旁睡著。我大學畢業了。我徹徹底底了解，微積分，真的及格了。

囥人尋

囥人尋，客家語，捉迷藏的意思。囥，方言，隱藏也。

照常理來說，捉迷藏這種遊戲，是要捉尋躲起來的人。客家話的「囥人尋」，如單以字面來探其義，倒像是躲起來的人，要主動出來找人。

民國七十年時，我念中壢高中。阿公每星期一，都會與我搭同一班客運，從大道公廟站到中壢，去探望住在小叔家的阿婆。早班車算來是學生專車，趕上學，擠沙丁魚，一路顛來簸去。阿公那年已七十二歲了，嗓門特大。由於大道公廟，距離起始的發車站，觀音小鎮很近，照常理說，車上空位仍多。他老人家怕愛孫沒座位，要站上一個鐘頭。爭先恐後的上車，先占一個車門旁的位置，旋看看附近，若仍有空位，便會大聲對我喊道：

該（那）有位好坐，遽兜遽兜（快點快點）！

遽兜遽兜，我沒應他。車聲隆隆人聲呶呶，我充耳不聞視若無睹。兀自到後方覓位，低頭，把書拿出來看。因為阿公如果遇到年紀相仿的長者，便會不由自主的熱絡，要我去相識。我壓根兒就不識那些長輩面長面短的，更談不上什麼一見如故。十七八歲的年紀，青春在作祟。在不得已的情況下，我向來也是用辭簡約，答話虛應一番。若對方仍不停對我寒暄，小小的車廂，彷若越來越重。走很慢，拖不動。我屢屢有下車跑步的衝動。

這樣的一個冬日清晨，高一上學期結束的那周，我上車後照例低頭。晃盪晃盪，滿車學子擠出了黑汁白汗。忽然間，我聽見祖父聲大如雷，連忙把頭壓得更低。我知道，阿公又看見熟人了。

「國居呀，國居。」我抬頭一看，驚瞥阿公起身，轉頭東張西望，大聲叫我的名。我斬釘截鐵研判，是喚我前去認親。我刻意把頭又壓得更低，讓大盤帽緣遮掩臉廓。他和那人聊得帶勁，從豬牛聊到雞鴨，從家裡話到田裡，從兒子談到孫子，我聽得一清二楚。突然間停了下來。我初以為是那人要下車了，偷偷抬頭一望，豈料阿公在聊及孫子的當下，又想到在車廂後頭的我，又微微起身，轉頭。再次大聲叫我的名：

「國居呀！國居。」我把頭壓得更低，幾近鑽到座位下。我有一種感覺，自己好像和阿公在玩捉迷藏。那一天，我故意錯過了和阿公在同一站下車，走了更遠的一段路到校。我天真以為，隨著車掌小姐的吹哨聲，隨著那班客運的關門落閂，一場捉迷藏，便告終結。然而，這場生活上的捉迷藏，許多年後仍在我心中上翻下騰，心湖的浪，一道道兜頭就捲來。

那年寒假，阿公生了一場大病走了。

躲貓貓。在童年的遊戲中我常躲得天衣無縫。在生活中，我卻躲得愧疚一生，再給一次機會彌補，時間都不允許。我曾經作過一個夢，自己年紀方小，牢記阿公阿婆爸媽在客廳就坐的位置，然後以瞎子碎步，找到他們。摸到腿，摸到肚，摸到臉，摸到阿公的長鬚，逗得他們哈哈大笑。

這種反其道的捉迷藏，像是躲起來的人，主動出來找人，被找到的人竟是這樣快樂，呵呵的笑著。客家囥人尋的真義，在夢中我恍然了悟。

「阿公，我在這裡。」醒來時張口欲言，卻喉嚨發緊。猛然驚覺，阿公早已在遙遠的山崗。我坐床頭無語，眼前一片茫然。

青春年華，或許因為一時的難為情，倔強，愛面子，誤把遊戲帶進了生活。如今我了然於胸，捉迷藏是童年的遊戲，囥人尋是生活幸福的祕密。可是當我懂的時候，已經來不及了。我告訴自己的一雙兒女，這段一時懵了的青春故事，教他們對於親人，大可不必有一時羞澀、好面子的閃躲。如果是因為叛逆、負氣離家，在如流的歲月後，當你發現仍有人默默的在找你。遠了，久了，那就請你想想，客家老祖宗的囥人尋吧！

因為，捉迷藏如果是一場永無止境的延長賽。生離，將會是一種死別。

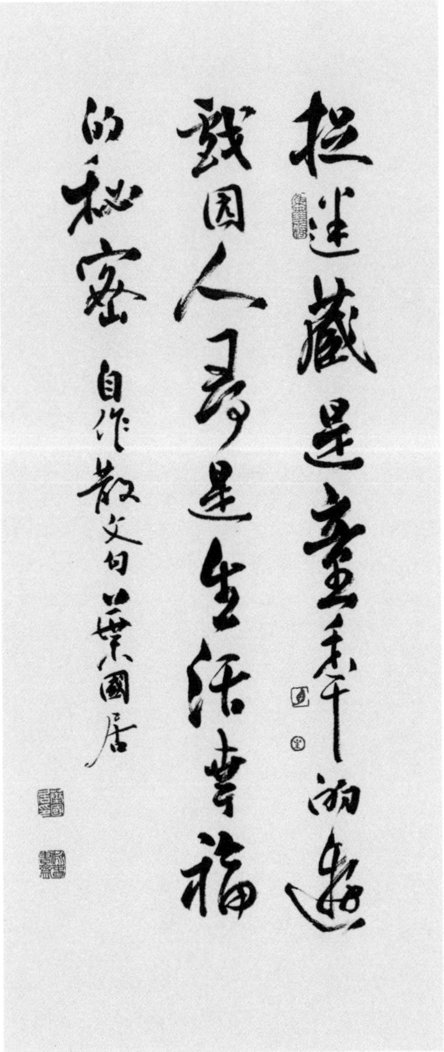

捉迷藏是童年的遊戲，囥人尋是生活幸福的秘密。
自作散文句。葉國居。

屙屎的方位

我生於一九六五。嬰兒潮之末，X世代之初。社會學上的分野，一刀俐落。偏偏民智未開，混沌就來。對我來說，客家莊有許多事，不清不楚，無根無著，要撥雲見霧，需要長時間的等待。

我從小意見就特別多，頭上好像長了兩支角，愛耍嘴皮與人鬥。常被大人咂嘴弄舌的數落：屙屎都不知方向。

屙屎，就是拉大便。如廁也有方位問題嗎？阿婆出口總是直當當的，提醒我不要掉進茅坑就好。她一派輕鬆，我卻眠思夢想。屙屎，究竟正確的方向為何？國小一年級後，我屢屢藉著如廁時苦蹲茅坑，仔細探究。阿婆在外頭等久了，時以逗喂的語調喊道：

發麼个啄呆（發什麼呆），跌落屎缸（糞坑）咧！

發啄呆，客語海陸腔，意謂發愣失神。發呆就發呆，「啄」這個字所為何來。單絲不能成線，狐疑一多便會打結。一啄一屙，在每個白天過後的黑夜；一食一拉，在每個黑夜過後的白天。始終讓我的童年，深入五里霧中。

大學時和同學第一次到山區露營，三五好友在夜裡咿哩哇啦的說開了。晃悠悠的月下，突然一陣雲飛過，風勁急，便意猛猛來襲。我暗自覓地開坑如廁，甫蹲下去，一陣狂風就來。驚覺，屙屎還真的要有方位。我在逆風和順風之間，自以為是的做了抉擇。完事後才猛然發現事實非也。墨地漆天，野地就如黑風孽海，由於視線不佳，我躲過了自嗆，很不幸的，褲管卻被自己屙的尿灑得濕漉漉的，站起來時重心不穩，還差一點就栽跟頭。那個年代，桃園觀音一帶的客家莊，向來有七不出門，八不回家的禁忌。聽說農曆初七初八出門，會有七七八八的麻煩。我確信自己避開了這不吉利的兩天，然而挑到的竟是一個四耗九醜之日。幾十年後，每年同學會時，這件事仍然是閒談的話渣。

屙屎，我始終不能辨方識位。

阿婆往生前一年，說話屢見大智慧。大部分的時間，坐在客廳的交椅上，嘴巴時時念念有辭，如同一位喃嘸佬，面對佛陀默禱。間有些時候，發啄呆，愣愣失神。每回吃飯，眾人筷子頻頻起落，她老人家卻一天天一餐餐越吃越慢。有一回，我坐在她身邊，眼盯盯看著她。嘴巴明明動著，筷子夾了一條小魚乾就口，就要張嘴咬下了，又停了下來，如同一張相片定格。

阿婆，你毋記得吃飯咧。我輕搖她，湊在她耳旁以客語說道。

係發啄呆啦！她回神應答。

我再看著行將就口的一條小魚，又將啄未啄的置於唇旁。客家發啄呆的字義，就在舉箸就口的失神瞬間。

該（那）屙屎又係要麼个方向？有吃就有拉，我乘時請阿婆解惑。

世界哪有人屙屎毋（不）屙尿呀。她回神微笑的應答。本以為她這次真清醒了，我稍後又看到竹筷上的那條小魚乾，和她呆瞪瞪對望。

阿婆飯食之間的一句話，讓我開智。屙屎其實沒有方位，也不用方位，真如阿婆對我的童年提醒，莫跌落茅坑就好。客家民族在險境中鑄山煮海，幾經遷徙。在黑風孽海中開頂風船，橫渡黑水溝。即便左右為難，前後矛盾，都得想辦法去適應它。反骨或是意見太多，並無助於事。準此觀之，面對逆境以平常心待之，就像一食一拉間那般自然。

這麼說來，客家莊的屙屎都不知方向，其實是要叫小孩子閉嘴，廢話少說。閎意妙指，需要很長的時間方能參透。

鵰仔

鳥，如果以客語發音叫「鵰仔」。仔，是尾音虛詞。我覺得鳥，是小鳥依人。鵰，是猛禽嚇人。客家莊「鵰」的發音，決定了本地鳥的性格。於是鵰仔，像是會刁難，叨擾，讓人提心吊膽，嚴重時會逼人上吊。我年少時屢遇鳥事，吃過鳥虧，所以別跟我說什麼鳥鳴嚶嚶這麼好聽。我的童年，充耳盡聞的是鳥聲獸心令人膽顫心驚。

先說鳥事。家門前茄苳溪兩岸黃槐樹茂密，一群黑烏鴉，臨暗黃昏時，只會「幺─幺，幺幺」的叫著。我覺得那些烏鴉是現代版的宅男宅女，盤據茂林脩竹深居簡出，故作神祕，向來只聞其聲不見其影。長短配的啼聲，叫得每個黃昏發麻。一日向晚，我以竹棍為劍，卵石作槍，躡手躡腳涉險入深，準備一舉傾巢把黑鶖仔趕出客家莊。

人算不如天算，溪內的黃昏來得比外頭更早。夜色疾疾大規模降落，我根本還沒出手，ㄠ—ㄠ，ㄠㄠ，在茂林中聽黑鶖仔叫聲淒厲，我拔腿就逃，何奈狂奔時雙足踏踏作響。我跑得越快，黑鶖仔也啪啪更快，滿天烏鴉宛若大軍壓境，撲喇喇飛向我家上空。上岸前一陣腳軟，我跌了跟頭，再爬起已面色鐵青。遠望天空烏壓壓的，在我眼前暗去。那一次，我飽嚐跳梁小丑的悲哀，阿婆卻以為我見鬼了，當下把我拖去保生廟請大道公為我收驚。

果真見鬼。我祖父次月死了。客家莊群鴉亂飛並不吉利，難免暗自牽連。我二哥長我二歲，一向有見地，原想從他的口中，證明祖父的死與我無關。沒想到他再補一槍：死就死了，下次別再害人了！

我心頭一抽，胸中的鬱壘，隨著茄苳溪每一隻黑鵰仔飛高壯大。

再談烏鶖。客家有一曲童謠家喻戶曉：

阿啾箭，阿啾唧，韶早你姊婆做生日，

愛去也毋去，害人打扮打到兩三日。

客語中的阿啾箭或阿啾唧，指的是大捲尾科的烏秋。同樣是客家莊的黑鵰仔，童謠的韻腳輕快得會帶人飛上天。阿啾箭的姊婆（外婆）韶早（明早）做生日時，我在夜裡，曾經天真的想在天亮後，跟屁股去湊熱鬧，這完全是被阿啾箭美妙的聲音欺騙了。唧—唧，唧—唧，只要一不小心就會墜入情網，輕易愛上牠。台地地形的客家莊，偌大的田園，畝與畝間以竹叢駁坎相隔，烏秋經常立於竹尾迎風搖擺，歌唱舞蹈，欺瞞客家社會。

農人引水入田拽耙扶犁後，水田長出田螺。日頭漸落，我拿著一只塑膠袋，赤腳涉田拾螺。俟袋子漸鼓漸重，滿心歡喜。突然有幾隻黑鵰仔叫聲急切，我抬頭一看是美麗的阿啾箭，弓身覓螺未加理會，沒想到黑鷗仔利用群組呼叫，糾眾聚事，一下間幾十隻團團圍住四方的竹林駁坎，其中有幾隻盤飛我頂，作勢攻擊。眼見四下無人，勢單情急，毅然以田泥回擊。沒想到此舉引犯眾怒，牠們往我的身上啄來。我當下踉蹌而逃，整袋田螺一路散落。

一袋田螺，曾經讓我的童年若有所失。祖父的死，多年心頭的愧疚如針似灸。九〇年代，我以客家書寫，為這些難忘的遺事療傷止痛。不經意的從文獻中發現，年少時自己總是倒果為因，一步步落入黑鷗仔盤旋的鳥漩渦裡，找不到出口。

原來，烏鴉偏好腐敗，當年祖父身已孱弱，報凶信的烏鴉如同醫生，聞弱若腐前來預告。那是殷殷提醒，不是帶衰。至此，祖父的死，終得讓我釋鬱矜平。而阿啾箭聰明絕頂，在七月繁殖期，為護雛鳥不容外人侵犯禁地。我猛然想起，竹叢駁坎上竄巢四處，案發的時點就在暑假，自此真相大白。

此篇黑鶌書寫，我要為烏鴉平反，向烏秋致歉，也讓自己放下，晦暗的黑鶌仔童年。

雞胲仔

公雞引吭啼叫，母雞咕咕打鳴。嗉囊鼓脹如同灌風，狀似氣球。客家人用「雞胲仔」來形容氣球，然不論是台語的「歕雞胿」，或是客語的「歕雞胲」，都用來引申一個人膨風、浮誇、說大話。

人在吹牛，雞來擔罪。牠含冤負屈，我憤憤不平。父親把我名為國居，自小就被冠上「谷雞」的綽號。我唯恐被人說：國居國居臭屁股，谷雞谷雞噴雞胲。於是我的童年比人早熟，行事低調。此聯出自我手，至今仍藏我心。今已年過五十，自行解密。

六〇年代，過年一到，客家莊保生廟口前的柑仔店，雞胲仔生意興隆。

大小計價，我總是買小的。小氣球口徑小，人瘦小，常吹得面紅耳赤，眼冒血絲。因不得法，用力過度，腦及臉頰，總是率氣球之先，脹起來。

不擅歕雞胿，我卻吹過童年最大的氣球。端午節前一天，路過茄苳溪時，眼尖發現攔沙壩下，一片乳白色物載浮載沉。起初我以為是海裡的大白鯊，跑到淡水河來自殺。從旁側密看後研判並無威脅。涉河趨前一望，是一個唛氣的大氣球。正確來說，是一張單人床的大小。

我又喜又驚，想把它拖回家，奈何大雞胲仔，如一尾大肚魚，吃了半肚子水，擔大肩小任憑如何使力均無法將其就範。索性決定在水中吹個夠本。抓起開口稍事清洗，發現壓根兒就塞不進嘴裡。於是，我用力的把開口撐開，以臉貼口，吹呀吹呀，越鑽越進，在陽光照射下雞胲仔的內裡隱約透光，我彷若鑽進一個潭中。驚然發現，雞胲仔是另一個世界。

為了擁有，不敢聲張。我折了許多樹枝翠竹遮掩。每天放學我就會避人耳目，偷溜去吹氣球。數日後，大雞胲仔隨洪水一去無蹤。

其後，我才真正知道，一個雞胲仔，是一個世界。那種超大的氣球，承載主義，包裝鄉愁。國共對抗，氣球導彈。飛機擲下的雞胲仔，下方吊掛著宣傳單，當氣球爆破後，散落客家莊。童年的印象，共匪是小孩的老相好，撒下一張張的兌換券，交給老師可以換取蠟筆。但有的時候，直接被退不給情面，丈二和尚摸不著頭腦，才發現那是台灣印製的宣傳單，因為在天空中搞不清風向，赴陸不成自行回台的。那樣的年紀，還未意識到繁體字和簡體字的箇中背景。我和二哥苦思夜想，有了共同的結論。筆畫越少，越值錢。

曾經有一段日子，客家莊繪聲繪影。雞胲仔也開始搞統戰亂搗蛋，一說共匪在宣傳單放毒，為了蠟筆，我自製竹夾拾單。一說全部一次看完會眼盲，我每回私下留一張，墨地漆天裡藉著月光，分天研究，分段看。天亮睜眼，暗自慶幸自己破解了共匪荼毒的密碼。

不過，也並非全部的人幸運若我。上屋的黃伯伯，當年響應國民政府十萬青年十萬軍的號召，從大後方輾轉來到客家莊。有一次，我明白指著宣傳單問他，那個是啥字？他一眼，淚兩行。傳單真的毒。我豁然了悟，在每個故國山河入夢遙的夜晚，想家的人，雞胲仔會在暗中爆破，痛貫心肝。

兩岸三通後，那種大氣球消失了。我自豪吹過飛機擲下，洩氣後掉下來的大雞胲仔。我言之鑿鑿，眾人充耳不聞。台語流利的妻，看著書報頭也不回的說「歕雞胿」。老媽板著臉看著我，正經八百的客語海陸腔：「歕—雞—胲」。

尾音加重，嗤之以鼻。

星仔洩屎

我在暗夜回到了童年，用辭彙肥沃我的心土。

婚後二十年，妻心血來潮要去看流星雨。冷峻隆冬，從竹東五峰蜿蜒而上，在昏冉冉的日暮來到清泉。周期性的象限儀座流星雨，可以預期，但流星短暫，妻眼懸懸的望著星空，深怕錯過。我從她的眼神中，看見一個癡心的孩子。她要對流星許願，希望上帝聽得見。

在尚未有太多光害的年代，客家莊滿天星斗，燦燦如漿。我回想童年時尾隨阿婆，在漆天墨地裡沿著田渠，直搗茄苳溪上游的攔沙壩，在轉開閘門引水入渠的瞬間，水聲啵啵作響。水面倒映出天上星辰，一陣晃蕩間，星子行將跳出水面。猛然抬頭，我看見人生第一場的流星雨。在同一時間，我彷若也聽到了流星的聲音。

阿婆看著水面，彷似凝神聆聽，頭也不抬，然後淡淡的說，星仔瀉屎。許多年後我才知道。阿婆口中的星仔瀉屎，不是動詞，原來是一個名詞。我在看戲，她好像在聽歌。

星仔瀉屎，客家語，指的就是流星。仔，是尾音虛詞。客家人用「星仔瀉屎」這個辭彙，生動描述了天文意象，有一種疾疾入廁的來去匆匆，不能控制的一瀉千里。我屢屢在想像，那次在攔沙壩轉開閘門時，急湍帶動碎石發出的唦唦聲響，那正是流星瀉肚子的聲音，槍林彈雨又急又迫不能自已。

人到哪裡，大便就到哪裡。流星雨，裹挾著唦唦水聲，相死又相生。阿婆看水不看天，好像她老早就豢養了一河的星子，在暗中開啟閘門將它們放逐田園，孕育肥美的菜作。於是年少的我曾經一廂情願的認為，河中的每顆石，都是天上的一顆星。有了童年的流星映像，此後我常常在水流的橋墩旁，聽見無數流星滑過。恆河沙數，歲月河邊，啵啵，啵啵，流星就在我們的腳下。

地上每個人，也對照天上的一顆星。這樣的說法，在客家莊的暗夜流傳。阿婆曾經以手指天，望著遙遠的一顆星辰，說自己在天上也在人間。據說人死了以後，那顆星星將會殞落。星子在瀉屎，其中一塊隕石，會落在死後墓旁的山澗，或生前曾經走過的溪中河床。

流星雨來了，妻虔誠默禱。我不想正襟斂容，以客家話說，星仔瀉出的大便呀！請您讓我美夢成真。於是，我豎耳橫聽上坪溪水，學阿婆在聽歌，也彷若聽到阿婆在唱歌。那晚在夢中我看見了一顆溪中的石頭閃著亮光，我涉河而去，它忽焉遠了；再靠近它時，卻不復見。翌日，我在河中拾獲一石，大如手指腹，色呈鵝黃，掂了又掂，摩挲再摩挲，就在水滴落盡的片刻，駭然發現這塊黃石，天生地成一個勾勒，浮現阿婆的臉廓。

阿婆生前，來過五峰。

客家人的星仔瀉屎，緣於對流星的暗夜想像，是形而上的肥泥沃壤。豐饒過阿婆耕種的菜園，也富庶了我的童年。這些年來，我把那顆黃石置於案前，每個捻燈書寫的夜晚，有人相伴，終不寂寞。

七層塔的期待

妻和我結婚以後，努力學做客家人，學客家話。開蒙學語，發音錙銖必較，我得費一番工夫了解字義來應付她。那時，我家前溪鯽魚成群，每回抓鯽，母親一定會叫我去田邊採九層塔當佐料。奈何鯽多，菜園裡那幾棵九層塔不敷支應，如同被剃光了頭。

「客家話怎說？」妻在田中示意要我教她。

「七層塔」我用客家話一字字再說一次：「係一二三四五六七个七。七層塔」我特意把聲音放慢，然後繼續採摘，為九層塔剃頭。

「為什麼少了兩層？」她袖子往上一捋，劈頭反問：明明就是九層塔，為什麼到了客家莊就少了兩層？

少兩層？我回頭一瞥，心頭一驚，習以為常真的會讓人腦筋發腐。母親的理由更是冠冕堂皇，她說客家祖先橫渡黑水溝來台後，沃壤已無，退居山區，種出來的九層塔硬是要比平地少了兩層。乍聽似乎有理，但不是多撒兩泡尿就可解決的嗎？這件事讓我在妻的面前自卑，我之於她，身高已無優勢；閩南客家，九層塔又少了兩層。有一種屈居劣勢的耿耿難安。

少了兩層，母親不以為意。她愛這味，但種的七層塔並不爭氣，株細葉小。年輕時，她每天都希望田中的七層塔，可以長成九層塔，以滿足她的三餐之慾。母親回憶當年生下我之後，有好一陣子她的心情莫名的低落起來。不知但是，她每天都在期待，菜園裡的那幾棵七層塔，可以長得更高更密。不知何故，早起到菜園看七層塔，她心情就上飄；下午離開菜園，心情就沉了下來。

九〇年，我在衛教機關任職期間，聽過大小場的衛教宣導。驚覺當年母親那種低落，有可能是產後憂鬱的症頭。當她挺著渾圓飽滿的孕肚，無比充實，滿懷欣喜。又當產後肚子空虛起來時，直覺是一種失落。當她把注意力轉移至七層塔的期待時，心情便在一低一高間，獲得了救贖。

仔細想想，此病非女者專屬，男人於我也患過數回。當初為寫作立下目標，期待得到的大獎實現時，興奮過後，突然覺得日子乏善可陳。日思夜想東盼西望兒女考上理想的大學，當他們求學離我遠去，四十五歲那年的冬天，一個人孤獨在家，竟感覺這一生責任已了。當時我住在第九層樓公寓，好端端的也會兩腿發沉，感覺就快要掉下地獄。

經過這麼多年的南奔北走，閱歷人生大小事。我更了解客家老祖先為「七層塔」命名的智慧，是更上一層樓的遠大期許。少了兩層，讓客家子弟永遠都有一個形而上的立志目標，如同大山的背後，天空才要開始；又如同句號之後，將是更瑰麗的大塊文章。

客家七層塔。沒有終點，是人生每一天更高的期待。

還老願

阿婆在世時，逢事必祈諸神庇佑。上祈天宮下求地府，不管靈驗與否，一段時日過後，她一定會備妥牲果，焚香還願。

「不還會怎樣？」小時候我在阿婆還願當下，直朗朗的問她。

「有借有還。」她湊在我的耳朵前：「有拜託就有感謝。」神情格外認真，格外莊嚴。

阿婆往生時，我念大學。告別式法會中，我認識了眾多的幽冥之神。其中讓我印象最深刻的，就是常駐在奈何橋旁，那一位不記過去又不問未來的年長女神，孟婆。上天為她造築驅忘台，她採集了各池塘、溪流的藥草，日夜熬煮成酸、甜、苦、辣、鹹的五味孟婆湯。設若往生者要離開地獄抵達來生，經過此處就必先喝下這一碗，由孟婆精製的遺忘特效藥，再越奈何橋，以便投胎轉世。

我從道士誦經儀式中，研判阿婆此刻已經上了奈何橋。猛然心頭一抽，起身想要追過去似的。想提醒阿婆，遠行，是否落了什麼？

落了什麼？好一些日子，我說不出所以然。總覺得有一種抽象的東西，晃悠悠的具象了起來。她喝了忘情水後心無罣礙，我卻在搖搖晃晃的日子中，老是感覺天空黑壓壓的，就快沉了下來。像是接力，阿婆把棒子交給我，便逕自休息去，我卻任重道遠。

阿婆往生後滿三年的那天，我在睡夢中被父親的電話吵醒，叫我當日一定要回鄉下，說阿婆今天要還老願。

死了三年，骨已成灰，如何還有塵俗牽絆，我在心中打起悶雷。

回到家時，眾親朋齊聚，一同要為早已投胎的阿婆還老願。當年誦經送阿婆上奈何橋的道士也來了，他在家中設壇祭祀。上壇祭天宮諸神，中壇拜一般神祇，下壇奉幽冥之神。父親說，因為不知道阿婆生前到過什麼廟，求過何方神，許下什麼願，於是就設壇謝眾神，為阿婆還老願。那個中午像辦喜事一般，親朋好友把酒言歡。酒過三巡，我信步禾埕，一片天朗氣清，感覺多年來那心頭若有若無又無以名狀的罣礙，頓時化作煙雲。我好像在這樣的儀式中，追上已逝的時間，看見死去的阿婆，為她還了塵世舊願。有一種失而復得的感受。

遙遠復遙遠，蒼茫且蒼茫。這樣的感謝是穿越時空，跨過世代。那般的道謝是天羅地網，深怕遺落。當上一代的願，由下一代來還的時候，感謝和拜託，便是辭彙中的「歷久彌堅」，又哪兒是政治人物掛在嘴邊的口頭禪。

二十多年過去了，我一直覺得客家人的還老願，超獨特超性情超純樸超率真。即便是父債子還，負擔竟然如糖似蜜。是一種用時間抹不去的，甜。

壁壢角之戀

客家人將牆角、門背，這些較為陰暗的地方，稱之為「壁壢角」。壢，坑洞也。我一直到了大學，才體會出這辭彙的真義。有一次返鄉，看我年邁的阿婆，掃地時將垃圾集中在牆角暫擱，頓時豁然開朗，壁壢角其實就是垃圾坑。

這個習慣在客家莊由來已久，非偶一為之。門背與牆腳，一盞燈鞭長莫及，阿婆的掃帚到不了。碌碌農莊，農人鎮日赤腳來回出入，掃了又髒，髒了便掃，於是在視覺不為常人注意到的僻落，權宜開坑。

坑非真坑，垃圾菜渣果皮群聚暫居，卻假不了。螞蟻在此光明正大交換費洛蒙，蟑螂若無其事在此談情說愛。壁壢角，無掩無遮，卻是祕密默默生長的基地。一部小說，在其間壯大生成。

六十八年，我讀初中一年級時，我們班上有一個長得標致的女孩，面貌姣好，氣質不俗。我偷偷喜歡她，也可以隱約的意識到她喜歡我。一日下午大掃除，整間教室一時騷動。我擦前門由右而左，她整理黑板由左至右。當大夥紛紛竣事，只有我和她還刻意的認真著。越來越近，我在門背，她杵在牆角，在那個光明正大又被班上同學忽略的壁壢角，她若無其事的擦著黑板邊框，開口對我說：

以後我們可以在一起嗎？

這突如其來的問話，驚喜，害臊，啵啵心跳，惶惶不知如何回答。

「啊？」我像是頃刻間失去了語言的能力，詰屈聱牙，格格不吐。

我事後非常懊悔，那天她低著頭回坐，放學後也低著頭匆匆回家。純樸的客家莊，男女授受不親，稍有風吹草動的戀情，旋將化為蜚短流長的市虎。在烏龜都可以說成鱉的年代，我壓抑自己的情感，終究不敢對她表白。

國中畢業後，同學各計東西。我念中壢高中，她念中壢高商，兩所學校都必須經過中央西路。我仍奢盼這個戀情可以重複上演，在兩個「壁壢角」起死回生。很可惜的，我們卻從來沒在路上相逢過。直到我考上大學，她進入職場，國中同學第一次開同學會，那一天在同一間教室，我與她在舊地重逢。她與我談笑自若，彷若早已走出了那個陰暗的垃圾坑。

我想戀情也會時過境遷的，私下揣測當年的壁壢角，或許只是她情竇初開的少女天真，如今早已不復。直到大三那年，我才交了女朋友，半年後，我接到她寄到學校的信。內容述說，國中時在壁壢角被我拒絕後，至今一路對我思念，同學會後，一直想鼓起勇氣寫信給我，又因為我念大學，她只念高職而感到自卑。當她最終決定將信投入郵筒，她要再一次問我：

以後我們可以在一起嗎？

我回信告訴她，自己已經有了女友的消息。卻不敢告訴她，這是一樁錯過的戀情。同樣的兩句話，十年的距離，遙遠的信箋，我可以想見她展信時的痛楚。其後我結婚生子，偶思此事，總有一種負人青春的愧疚。幾年後輾轉得知她已婚的訊息，方才釋躁矜平。

年近半百，國中同學K在臉書上告訴我，他在上海黃浦江畔遇見了她，說她已經離婚了，常常一個人在江畔，看夜裡的渡輪來回。

我又再次想起客家莊，那些無掩無遮的壁壢角，那般不打眼的角落、垃圾坑，醞釀了許多故事的開端。機會一縱即逝，設若我當初爽朗應諾，人生的小說或將改寫。

在我的心中也有一個壁壢角，故事出發了，卻到不了要到的地方，三十多年後，讓一個旅人在天涯變成了遊魂。

敗勢

雨濛濛的天候，整個客家莊若有若無，如灰如綠不事聲張。

每次離家後，便在心中盤算下次回家的日程，感覺祖厝是存在的。真回到家時，又感覺家這麼大，卻這樣安靜，我心中的祖厝，究竟還存在嗎？

這樣的疑問，緣於我的老父親，我行我素，耳背得以為整個世界跟著他一起走。他很少說話，彷若與客家莊的繁華落盡是同一道的，時間越走，越稀落孤獨。年輕一輩離鄉進城，村落沉甸甸的，清一色的長者，千人一面。我深怕一個遺世獨立的村落，會在無人注意的時候無端消失。

父親寡言，獨行，在偌大的田園。很多人生的故事，其實也被靜默稀釋得若有若無，在存在與不存在間。

我載他上街，到離家六公里外的觀音小鎮用餐。小鎮的午後天氣放晴，但人不多，父子二人就坐在觀音國小校門旁的花台邊。良久，他突然伸手往校門的另一頭指去。對著我說，民國四十一年，他讀小學三年級時，有一天放學回家，就在校門口看見我的祖父。政府播遷來台後，國軍部隊經常點召。從我們家到觀音國小這一段路程，那個年代必須徒步以赴。祖父方時已經四十三歲，一大清早忙完田事，以赤腳狂奔至觀音參加點召，不幸逾時，被一個二十郎當歲的年輕上級，罰跪在校門的那頭。

父親說，他怕祖父看見了，以書包遮住頭臉，使力狂奔離開校門，一路仍被「反攻大陸，解救同胞」震天的口號聲緊緊追緝。

過去我從未聽父親說過此事。設若此事當真，那便已在父親的心中暗藏七十多個年頭了。他說得緩緩淡然，我回頭看看當年祖父被罰跪的場景就在眼前，心情不免激動。

「你為何怕他看見？」我起身大聲的問父親。

「敗勢啦！」父親看我片刻後，以客語朗朗應答，旋即向我表示，那天離開校門後，此事至今未再提起。

敗勢，客家語，不好意思。一種兵敗如山倒，大勢已去的字義，顯然比起不好意思，要來得自責。在我看來，更是一種無以復加的內疚。只是我大惑不解，罰跪事件，徹頭徹尾皆與父親無關，他又何須敗勢若此。

你不好意思什麼？我又放聲的喊問。

「驚佢敗勢啦！」父親聽到了，低頭又低聲的說。

從小父親對我家教甚嚴，要我牢記把「敗勢」掛在嘴邊，深怕對別人不好意思，更怕愧對別人。然而年將半百，我方才從父親的人生故事中，了解客家人對於「敗勢」這個辭彙的真情至義，更積極的是怕別人無地自容。

祖父有生之年，並不知道父親知道此事。罰跪事件也從大時代划過太平年，在漫漫悠悠的歲月長河裡，一切如此靜謐低調浪靜風平，在父親的心中似有似無，像是存在又不存在，就如同一個田螺在初翻平後的水田中冉冉而行，一種微微的尾絮，淺淺的溝紋，淡淡的憂傷。不事聲張，在客家莊。

臨暗仔

客家話中，有一個既感性又美麗的辭彙，臨暗仔，它指的是「黃昏」。仔，是尾音虛詞。

我喜歡把「臨」，當做一個動詞看待，想像黃昏會移動，緩緩的向黑暗逐漸靠攏。然而，「臨暗仔」總該有一條臨界線，像是疾風知勁草、歲寒見後凋、路遙知馬力一樣。過了彼線就是暗夜。

界線之前，是騷動的黃昏。倦鳥歸巢，麻雀吱吱喳喳不休。母雞打鳴，公雞踮起腳尖狂奔。鴨聲呷呷，從溪畔左搖右擺爬上岸。豬，聽到擔，咚，起床吃晚飯。豬吃飽，小孩必須洗好澡。

界線之後，小孩子不能吹口哨。不能大聲言語。不能跳出阿婆的眼眶。太多的禁忌，讓小孩子對黑夜產生畏懼。感覺有什麼爛泥巴或者是壞勾當，都可能假藉夜色佯裝，然後冷不勝防的降臨。

有一年冬天，我們家臨近下屋有一個比我大兩屆的學長，黃昏過後，仍然沒有回家。我和他念同一所小學，放學後他卻晚了我兩個鐘頭還沒回到家。他的母親步履惶而茫然，登門向我打探他的下落。就在此時，如墨的夜色大規模降落，我看著她沿著溪岸小徑，向竹林方向走去的身影，微亮的手電筒，一丁點兒又一丁點的被墨夜噬去。

沒人再見過他們母子，也沒留下任何的草灰蛇線足供追尋。此疆爾界，自此我絕不在暗夜到上屋下家串門。每個夜色濃稠的夜晚，從三合院的正廳遠望，房子疏落的客家莊，每一盞燈火都被夜色拉得遙遠。我猜想，在那個年代，燈火與燈火之間，有可能是河與河交會的深潭，聽說一個季節會抓一個孩子飽肚。燈火與燈火之間，有可能是竹林與芒草交頭接耳，無形正虎視眈眈，誰來晚餐？

阿婆常說，騎車太快，追不到，不保佑；人跑太遠，看不到，無法掌握。正因為如此，記憶的夜晚，我們兄弟團團圍在一個燈下，反而感覺出夜色，有溫暖與濃度，厚而踏實。

為人父後，我更能領略客家人「臨暗仔」的心情。我希望自己的一雙兒女，天黑就不要在外頭流連。即便此刻我就住在車水馬龍的臺中城，入夜後燈火通明，我還是要求他們在我煮好晚餐前，能早早歸巢沐身，再圍桌食夜。

於是我知道，臨暗仔，瀕臨黑夜的那條界線，早已感性的刻畫在每個父母的心中，是隨著黑暗到來冥想的楚河漢界。如果你已跨河越界，遠了，晚了，記得早早回家。

臨暗仔過後，無關天色，父母掛念的心情，都是黑咕籠咚的。

被神明養大的小孩

我確信自己的身體充斥著重金屬。是金鑲玉裹，是金玉其身。

阿婆正經八百的告訴我，保生大帝是河洛人。

「什麼！河洛人？為何客家莊要拜閩南神？」

我理直氣壯的嚷嚷，阿婆驚惶連連。疾言厲色對著我說，神都沒有選人，人安能擇神？

人安能擇神？仔細想想，在神的管轄下，祂已經給了我們很多選擇的自由。莊裡唯一的一間廟，溥濟宮保生廟，供奉保生大帝，相傳祂是北宋閩南人士，本名吳本，精通藥理。凡莊裡有久病不癒、難纏之疾，或是沒錢就醫的人，便會求救吳真人。廟中的藥籤筒中，以竹製的藥籤，號碼排序至百，遠觀籤筒就如同獵者繫於腰間的箭袋。哐哐啷啷一陣翻攪後抽取一籤，再對號獲取神賜的藥方。一個暗藏在本草綱目裡的小小藥名，旋即躍然寸紙之間。在祂的授權下，我們以自己的手感，出箭。正中標的。

我學前身體就差，一日臨暗黃昏，母親剛從田中歸來，我軟趴在地不醒人事。那個年代村莊沒有醫師，母親翻箱倒篋帶著僅存的二十餘塊錢，惶惶負我走向二十公里外的一家醫院。不一會兒就被阿婆追趕攔下，揚言吳真人已經開出藥方，人若是近廟欺神，縱有醫病錢，也沒有醫生緣。母親裹步，主要的考量還是錢，恐看了醫師，卻付不出藥費。

吳真人的藥方，向來就簡並可就地取材。我大抵知道，一號籤王，香灰、中藥草，配上一種名曰「蟲」的東西，以文火煎上半天服下，一帖見效。這件神蹟幾經花說柳說，早為客家莊閒談的話渣。此後，阿婆常告訴別人，說我是神明養大的小孩。我因自幼耳濡目染，對吳真人深信不疑，特別是香灰，阿婆初一、十五便會去廟裡燒香，口袋裡帶一張小小的日曆紙片，她先在香爐旁肅然默禱，然後將眾人燒的香，彈指搖動燃點的下方，並以片紙盛接剛剛燒盡掉落的香灰後，再置於鼎端，薰煙繞圈數回。回家後旋即把香灰倒入壺內。我屢屢為了得到吳真人的庇佑，不時測探大茶壺的底線，乘四下無人偷偷飲盡最後一杯。此刻香灰正濃，無限美好。

上大學後，我漸有了一些健康常識，不敢再像小時候那樣囂張，以舌頭掃盡壺底，也對當年那一帖藥方好奇。那蟲，應該是中藥草中的冬蟲吧？我阿婆這時已經七老八十了，仍言詞閃爍總問不出就裡。一次，我在整理神桌前的抽屜，一張標註保生大帝的藥籤浮現眼前，字樣依稀可辨：香灰一匙，甘草、蟲蠦各二兩，大棗十枚。驚見溥濟公第一籤，是籤王。

蟲蠦，客語海陸，蚯蚓也。提供藥方者，應該是本地的客家人。二兩，應該超過二十條，我猛然的在心中打起咯騰，急尋本草綱目關於蚯蚓的記載，中藥別稱地龍，具有通經活絡化瘀之效。我推想，小時候因為沒零食吃，五六歲就會學猴子上樹採野果，摔過數回，有可能那回特別糟，小小身子瘀傷嚴重不能言語。

我大膽推測，吳真人當年用藥對位。

近聞台北行天宮移鼎禁香，良藥霎時灰飛煙滅，我心悵然。一說是環保，又一說拜拜的香含有很多重金屬，聞之者蕩魂攝魄。設若所言不假，對於我這個被神明養大的小孩而言，不早就是金剛不壞之身了！然以今日的眼光來看待香灰一事，我竊認為當眾人在臉書上，為一個病魔纏繞的孩提「按讚集氣」

時，它的前身正是「取灰薰煙」的眾人祝福。
良藥一帖，我領略受益。

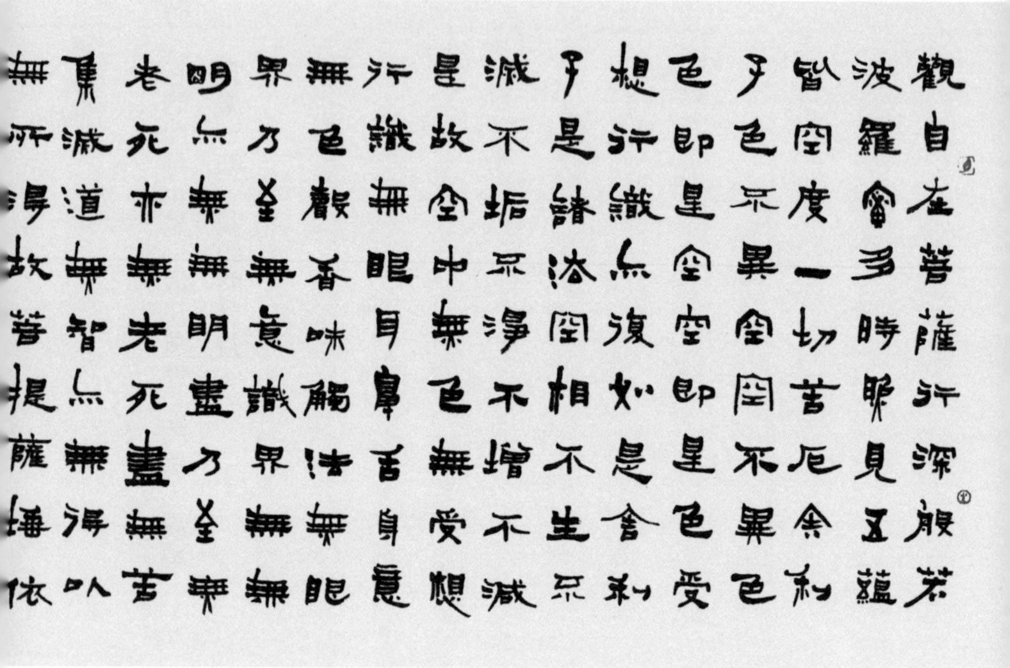

般若波羅蜜多心經

觀自在菩薩，行深般若波羅蜜多時。照見五蘊皆空，度一切苦厄。舍利子，色不異空，空不異色，色即是空，空即是色。受想行識，亦復如是。舍利子，是諸法空相，不生不滅，不垢不淨，不增不減。是故空中無色，無受想行識，無眼耳鼻舌身意，無色聲香味觸法。無眼界，乃至無意識界。無無明，亦無無明盡。乃至無老死，亦無老死盡。無苦集滅道，無智亦無得。以無所得故，菩提薩埵，依般若波羅蜜多故，心無罣礙。無罣礙故，無有恐怖，遠離顛倒夢想，究竟涅槃。三世諸佛，依般若波羅蜜多故，得阿耨多羅三藐三菩提。故知般若波羅蜜多，是大神呪，是大明呪，是無上呪，是無等等呪，能除一切苦，真實不虛。故說般若波羅蜜多呪。即說呪曰：

揭諦揭諦，波羅揭諦，

波羅僧揭諦，菩提薩婆訶。

丁酉之春 葉國居 恭書。

罣礙無罣礙故無有恐
怖遠離顛倒夢想究竟
涅槃三世諸佛依般若
波羅蜜多故得阿耨多
羅三藐三菩提故知般
若波羅蜜多是大神呪
是大明呪是無上呪是
無等等呪能除一切苦
真實不虛故說般若波
羅蜜多呪即說呪曰
揭諦揭諦
波羅揭諦
波羅僧揭諦
菩提薩婆訶

般若波羅蜜多心經
丁酉之春葉國居恭書

口孕

口，閒聊時可以吐出話渣，喫瓜時可以含孕天地之種。

客家莊幾個老人，團團圍在飯桌前，她們並非無事嚼舌嚼黃話人是非。衣著端莊，態度恭敬，眾婆們正要為來年的西瓜備種。桌前置一小碟，各就各位。

大叔婆、二叔婆、姨婆、舅婆難得聚會，少年ㄜ的阿婆忙進忙出磨刀霍霍，準備殺今年田裡最大顆的西瓜王，為來年植栽的種子進行嚴選。眾婆們叫少年也一起上桌食瓜。阿婆鄭重其事的交待他，吃西瓜要將種子含在嘴裡，緩移舌尖，然後吐於碟內。就像是，生小孩一樣。

一個挺著渾圓大肚的孕婦，對新生的期許。少年旋即領悟，他鼓起雙頰，飽滿如球，感覺自己懷孕了，有生育的欲望。他慢慢將種子吐於碟內，ㄜ揀種的形象與阿婆的說法合拍，眾婆們對他的表現說讚。預言田畝豐收，瓜瓞綿綿。

ㄜ自此愛上了揀種的儀式。他竊以為凡是經過「口孕」的種子，都可以展現強韌的生命力。於是每回吃西瓜時，他已習慣做那個動作，即便眼前沒有小碟子，鼓嘴，懷胎，隨地一吐，種子便七零八落飛向農莊。

此後，少年不經意的就發現，西瓜苗忽而生於壅塞的草穢間、蔓爬於荒落的原野上，又忽焉以青翠之姿，在大禾埕的水泥縫旁頻頻探頭。ㄜ有一種感覺，口孕之種，一旦抓住土壤，行將蓄勢待發。有一次，ㄜ在溪邊玩耍，抬頭駭然發現，瓜藤蔓蔓長在相思樹上。多年前因颱風折幹的老相思樹，蟻食幹口腐屑成土，麻雀銜泥作巢，鳥去樓空後，西瓜藤從幹口掙出，瓜藤俯身向ㄜ左右招手，又如同楊柳，迎風搖曳。

西瓜從平地種上青天。ㄜ研判路徑，應該是自己口孕的瓜種，噦吐落土後，幾經雀鳥銜食，飛到幹口落下，種子找到了溫床便要生長。雖然，其後終因養份不足，苗而不秀便告終老，但少年深信，老一輩的客家人，對於種子的敬重，因而造就了天地之種。歷代客家民族幾次重大遷徙，血液中早已帶著流浪的因子，種子就栽種在他們的心田，能在鑄山煮海的過程中躬耕為生，所依恃的，就是對種子的恭敬態度。

心境對了，於是隨地沃壤，觸處良田。

種子懷孕了嗎！少年早已步入中年，當年那些口孕瓜種的客家眾婆們，早已升天。他們還在圍桌嗎？四十年後，ㄜ在閱報時驚奇發現，此地竟然有人種起西瓜樹，堅硬的綠色瓜表，肉甜，結實纍纍越長越高，明明白白指向天際。西瓜行將長上青天了！ㄜ確信，當年阿婆們，至今仍在天上團團圍圈。

肚筍楞

我阿婆說，客家人最不耐餓。別人我不知道，但我真的被他說中了，如同脆弱的隱疾為人揭發，不敢否認。她言之鑿鑿，我無所遁逃。感覺自己天生就被貼上怕餓的標籤，一張宿命的客家符咒，三不五時就會發作。

肚子餓確實是事態嚴重。台灣北部客家莊，早年有一首失傳的客家童謠，正是描述有一個客家人，因為不耐餓而失神失智。

阿才哥，孩弓蕉，孩到楊梅肚筍楞。田脣草，亂竄咬，咬到一個大蟻包。

小時候我唱著童謠，遙想那個擔大肩小的阿才哥，挑著一擔香蕉步履蹣跚跋涉遠途。道中肚子餓，無以充飢難耐失神，竟學水牛食起田埂上的青草果腹，而且是亂竄亂拔飢不擇食，我心同情至極。直朗朗問我阿婆，阿才哥何不食蕉？她回我：青蕉初採，澀不可言。我聽聞後，對阿才哥更生憐憫。真的，餓很難受，可憐的阿才哥。

很多人都忘了這段童謠，我卻牢記著四十多年，因為我可以體會阿才哥方時的無助。肚笥枵，客家話肚子餓的意思。小時候，阿婆常問我肚子會枵嗎？這一句家常話，有溫暖，有憐愛。

客家人為了要應付粗重的勞力工作，三餐盡以耐飽的食物為主，很少食粥，因為粥不耐餓。有一次我一大早食清粥上學，未到午時幾近昏去。那時鄉下學校並沒有帶便當上學的習慣，我們同學全都是走路回家吃中飯。在將近二十分鐘的路程裡，必須要經過田野小溪。設若童謠中，沒有阿才哥咬到大蟻巢的說法，我想那一回我會選擇當一頭水牛，將一條田埂的青草食盡。那天我在途中，不知道是什麼原因，顛三倒四的走著，口中吐出白色的泡沫，如同一隻受盡驚嚇的穿山甲。餓，竟然如此可怕。走著走著，越走路卻越長，感覺自己在大白天，莫名其妙的陷入了如墨夜般的鬼打牆，怎麼走也走不到家。最後是我二哥扶我回家的，我在哭哭啼啼中連吃了七碗白飯。

長大後我離開客家莊，求學工作，其後在長達二十餘年的公務生涯裡，我謹守正餐時，一定要將自己肚皮撐脹為第一原則，免得開會時失神失智言不及義。我有越來越深的感覺，客家人對於「枵」字的認識，是直來直往的，是餓得慘兮兮的拐鬼，除了不耐餓，就是怕餓，此外別無歧義。不像台語中的「枵」字，擁有豐富的聯想，諸如「喙飽目睭枵」般的隱喻貪婪，又如「枵飽吵」說人無理取鬧。

我阿婆說，吃飯有多認真，做事就有多認真。身為客家子弟，我真正瞭解貪吃與怕餓，是不能混為一談的。朋友聚會，菜甫上桌，我不會慢慢聊慢慢吃。筷子起落間，我會正襟危坐認真的先扒兩碗飯。

別說我愛吃。因為我，客家肚。

盡採

客家話中的「盡採」，如以詞彙探義，應該是豪氣萬千天寬地闊。很不幸的，它卻讓我含冤負屈多年。

盡採，隨便的意思，一種大而化之不與人計較的器度。這和「請裁」那般十足有禮的「隨便」味道不同。我覺得「請裁」是有尺度的，「盡採」就不一樣了。我阿婆說，「盡採」讓小孩子得意忘形長出了尾巴，變成猴子。

六〇年代的客家莊，種田人鎮日周旋在農作牲口之間，少出遠門。如果你把世界縮小，他們就像在一個原點上行將定格，腳跟就種在農莊。

有一天，阿婆破天荒因事必須遠行數日。幾天前，她做好粿，蒸熱冷食皆宜。行前仍怕我們兄弟挨餓，還特別交代，若真的沒東西吃，就盡採煮。這個「盡採」，空間無限，有一種受寵的縱容，可以予取予求。小子一當家，就獲得了充分授權。農家食粿容易食肉則難，紅龜粿一日好食，二日可忍，三日後忍無可忍。一大早竹籬笆上的牽牛花迎著朝陽吹喇叭，公雞就站在上方引吭。我們起床後感覺又餓又吵，我哥注意牠很久了，當下對牠動了邪心歪念。

殺雞一事，鄉下小孩早已耳濡目染並不困難，但公雞急欲掙脫的惶惶呼號，聲音喚向未來。一隻公雞，兩餐食罄，那兩餐我卻怎麼也吃不出雞肉香。阿婆深夜回來，隔日未聞公雞叫醒太陽，我們兄弟眼睜睜的將白天當作黑夜睡去，誰也不敢先起床。如今回想起來，這個「盡採」，實在太過「隨便」了，我們真的是像頑皮猴一般，可以在一夕間，糟蹋採盡滿山的果園。

公雞怎不見了？阿婆痛得揪心又明知故問。幾十年後，我們只要一談起公雞到哪了？荒唐的事總是讓當年主謀的兄長哈哈大笑。如今我在住進城市後的每個清晨，不知誰家公雞天天引吭？我老是感覺，是牠，應該就是牠，顫顫悠悠穿過時空，啼聲由遠而近的向我靠攏。我有一種衝動，想在牠「咕咕……ㄍㄟ」的聲音後面，回嗆大喊：我是冤枉的！我是冤枉的！

我兒也長大了，略諳客語，我屢次在公事出差的數日前，就先備妥泡麵鮮奶供其充飢，又怕他餓著了，特別交代：若真的沒東西吃，就盡採煮。承傳了阿婆對兒孫的憐愛，但是，我會再板起面孔正經嚴肅的看著我兒，叫他也看著我。

再補上一句：盡採也不能太盡採。

鼻路

鄉間的路是有味道的。是啥味？貓說，喵喵。

在城中看到尋貓啟事，心中疑惑難解。貓，在客家村莊是識路的呀！如果牠不願自己回家，肯定是負氣離家出走。

那一年，我家的黑貓是身手矯健的慣竊，說牠是大盜也行，一再涉案。祖母從廚房端上飯桌的一條煎魚，在放定、轉身的瞬間，窺覬在側的黑貓從地板上躍起，張嘴，咬住，一躍下便如同魚沉水闊不知去處。我總是以目擊證人的身份，揭發牠的罪行。物力維艱的年代，雞知將旦，鶴知夜半，貓狗也理應各司其職，任憑鼠輩咬破布袋盜盡糧倉，卻不務正業扮起食菜賊，飽腹後蹲在屋頂迎風納涼，喵喵，於理不容。

黑貓對父親若帶防備。在三合院中的左室右廂，他（牠）們真的玩起躲貓貓的遊戲。父親心有定見，設若有一天抓到黑貓，他將送牠到五里外的二姑家，希望在新的環境裡，牠會改邪歸正重新做貓。何奈黑貓與父親總是諜對諜，父親苦無機會。而我與黑貓較親，一日放學後，父親要我與牠玩耍，把牠騙進麻布袋，旋即帶著黑貓遠行。

裝穀子的布袋是通風的，從裡頭往外看，光線若有似無。父親右手騎著鐵馬，左手提著麻布袋，在天黑前趕到二姑家，將黑貓置之後院。父親心裡黑咕隆咚的，深怕牠尾隨回家，以一隻機械狼之姿，卯力騎著單車，氣喘吁吁流下黑汁白汗。天一亮，牠竟然就在我們家屋頂，喵喵叫著肚子餓呀！父親即刻出門往屋頂一看，唉呀，喵喵。

沿路的記憶黑湫湫，牠究竟怎麼回家？父親說黑貓有「鼻路」的本領。鼻路，客家語，就是聞路的意思，這個辭彙突然讓我對黑貓的鼻子有莫大想像，一種超乎其技的嗅覺。我細細端詳黑貓的鼻頭，細膩、光滑、篤定。第一次這樣鮮明的感受到自己鼻子的存在，我努力學習黑貓，聞路的味道，領略自己正身處在客家莊小小的一隅。

路真有其味。菜香與稻香各異其趣。腐藤爛瓜，老幹新枝，小草野花，每個路段隨著季節遞移，都有它的味道標籤。雖說貓類對某些味道無法感受，至少沿著道路揚長而去的溪流，夏日釣客隨地棄之的蝦兵蟹將，已偷偷為父親的瞞天過海留下破綻。

在客家莊，因為「鼻路」詞彙，我體會出每一段路各有其味。我們習慣用眼睛識路，說成風景。那麼，以鼻識路，便是風味。喵喵，牠正以「風味」破解迷途。

噭與不噭間

在客家話中，無論是四縣、海陸腔，都以「噭」字的發音，來詮釋「哭」這個字。

小時愛哭，一發不可收拾，每回都哭得很久，聞者幾近抓心撓肝。祖母總會趨前安慰我說，不噭，不噭。她心疼我哭，但等我真的不哭了，她又笑著問我，如果有一天，她死去的時候，我會不會大噭？

噭還是不噭？這問題很難回答。一個經常哄我不哭的人，示意我在她死去的時候要大哭一場。我呆鄧鄧看著她，直覺很矛盾，一會兒要我不哭，一會兒要我大哭。她，真的希望我在她身後哭得死去活來嗎？

幾十年過去了，類我祖母那般問話法，我在客家莊時有聽聞，每聽一回，疑惑便在心中抽成一團。祖母辭世時我仍在求學，在她的靈前我真的是大噭一場。看著她，又想起她從前心疼我噭，哄我別哭的模樣。那回，我哭得至情至性，也哭得左右為難。

祖母那一輩的叔婆們，其後幾年相繼過世，告別法會鑼鼓震天，道士「做孝，噭喔！」的指令頻頻發號，遺族邊噭邊叫。那樣即時演出噭劇，那裡是哀到痛處的涕泗縱橫？人聲吱哇，鑼鼓鏘鏘，遺族哭聲如吠，比狗還急。我突然想起祖母是愛熱鬧的，她生前最愛我們都回家團聚，即使在病榻中，看到孫輩回家，總可以很輕易的感受到她心中的快樂。

不噭，不噭，她要我們不要為她的老病而哭。那她又何嘗希望我們為她的老去，大噭一場呢？

年過半百再讀到莊子至樂篇，有感莊子於妻逝後擊瓦而歌在側，弔唁者深深不以為然。莊子卻認為「噭噭然隨而哭之，自以為不通乎命」。我豁然開通了，領悟到祖母這一輩的客家村婦，對於生命的達觀與淡然。如果再問我她死的時候，我會不會大噭？我心中不再打起悶雷，這話更深遠的意義，並非要我哭聲如吠淚濕衣衫，而是祖母期待自己起身遠行的那一刻，我能隨侍在側，送她一程。

噭與不噭其實無關宏旨，那是客家村婦的小小心願，見最後一面，聊復爾耳。

轉長山賣鴨卵

現在人流行減肥，母親認為此風不可長。在客家莊，只聽說過有瘦死的人，卻未聽聞有人因胖而死。這個論調如以現代眼光來看，確實驚世駭俗。她已經八十歲了，仍然經常單兵作戰，不遺餘力為衛生福利部的BMI身體質量指數做反宣傳。

我六歲那年，夏夜，母親要我一道去上屋，探望阿山伯，聽說他是被醫院送回來的。主治醫師預後不良，說阿山伯身體又瘦又虛，就快要做仙了。他坐在交椅上，像一隻白鶴那麼瘦。電扇在後方轆轆緩緩的轉著，我怯怯的躲在母親的後頭，心裡扯東扯西的亂想。突然間，我彷若看到扇葉變成阿山伯的翅膀，慢慢的就要飛上天了。那一陣子，盤踞在茄苳溪兩岸的烏鴉，噢噢的叫聲，硬是把天地叫得很蒼涼。我害怕那群不懷好意的烏鴉，會把阿山伯帶走。

莊裡的人都說，阿山伯這次沒藥醫了！母親卻比醫生還醫生，她往阿山伯身上，徹頭徹尾仔細看了又看，一抬起頭便開了藥方。她對阿山嬸說，阿山伯這一生太節儉了，反正現在人都要死了，再吃也吃不了多少。那後院竹林裡阿山伯從來只賣不吃的閹雞，一天清燉一隻給他吃。如果雞吃完了，阿山伯還繼續活著，茄苳溪畔竹籬內他養的大番鴨，兩天殺一隻。如果鴨也吃完了，還活著好好的，那豬圈的豬隻也該長大了，就一條一條輪流宰。那又如果豬吃完了……。

母親開藥方，像誦勸世文，叨叨絮絮「落落長」。就在母親說要把豬殺完的剎那，原本低頭不語毫無元氣的阿山伯，登時打起了精神，拼命抬起頭來。他看起來心很痛，疾疾要阻止母親如此敗家的提議。阿山伯看了母親一眼，旋因體力不支，整個頭向前如石墜地似的。這個動作既被動又俐落，被在場的母親與阿山嬸，硬硬曲解成阿莎力的爽朗應諾。

母親走後，我偷偷向母親說，自己覺得阿山伯根本就是要搖頭說不的呀！她要我閉嘴，說我屙屎都不知道風向，人都要死了，還能吃多少，小孩子怎麼可以瞎說胡扯。

「肥起來，正有破病本。瘦下去，準備轉長山賣鴨卵。」母親對我這麼說。轉長山賣鴨卵，客家語，死掉的意思。轉，回也；長山，指的是唐山。老一輩客家人，認為肥胖就是福氣，體胖才有生病的本錢。設若一個瘦弱的人，當病來磨時，就跟捏陶一樣，越薄越容易破。

真的很神奇，在茄苳溪呷呷的鴨聲漸次稀落之際，阿山伯還沒準備要去長山呢！那些日子，他在做仙和做人之間拉拔，原被怒張鬍鬚侵占的臉頰，漸漸生肉上來。他又在天堂和地表之間拉拔，當他身體日肥，就不再這麼飄飄欲仙了。就在阿山嬸磨刀霍霍指向豬隻之際，阿山伯的病已經痊癒。

母親的一席話，為預後不良的阿山伯，開了一帖營養不良的藥方。看似敗家，其實不然。如果阿山伯真的轉去長山賣鴨卵，身體一無所有，更談不上什麼人生真正的擁有。節省是不能過頭的，阿山伯之後，客家莊類此案件屢見不鮮，節儉過度的莊人，於生命行將定格的時候，在這一帖良藥中破格重生。

五十歲後，我的鮪魚肚日漸跋扈，看來多多少少是受到母親的影響。

汗淋身

每年七月大學聯考，陪考蔚為風潮。一人應考，全家組團陪考，備妥豐盛食品、清涼冷飲，熱鬧得像一場廟會。近年已有冷氣設備，考場宛若快樂天堂。對照科舉時代，古人赴京應考，經春歷冬的長途跋涉，那可是天差地別。

德叔是客家莊第二個大學生，之前一個是他的哥哥。村裡的人都說阿發叔公前世燒好香，我的父母也非常尊敬他，同樣是種田人，他們家的兩個小孩卻如此出類拔萃。我年幼不受教時，「阿發叔公」這四個字，就會從母親的嘴跑進我的耳朵裡。

早期，無論是大學聯考或公職考試，考場都設在台北。對於桃園濱海的客家農莊而言，台北天遙地遠。阿發叔公二個小孩子考大學時，沒人陪考，因為出門動輒要花錢。那時候沒網路，沒谷歌大神，路就長在嘴巴裡。兩個小孩子很爭氣，事先做好功課，搭客運、坐火車、走長路。七月溽暑，汗濕衣裳。阿發叔公將車錢、便當錢算得剛好，別想要外加一杯解暑的冷飲錢。

我的母親向我說過，阿發叔公小孩子考試的那天，他依舊荷鋤種田，但是大唱山歌。那山歌在喉嚨爆破後，穿過竹林小溪，傳到隔壁村莊。我感覺母親的說法誇張其詞，但歌聲嘹亮高亢可想而知。聯考和山歌何干呀？在我小小的心中抽成謎團。同年夏天，德叔當兵回來要考公職，那時我已經讀國小四年級了，暗中關注此事。當時自己的心態，有可能是希望從中得到什麼法寶，像阿拉丁的神燈可以讓人如願以償，腦袋裡塞滿了一種不勞而獲的壞想法。

天氣悶熱，一大清早我躲進田尾的竹林。快中午了，偌大的田畝未見人蹤。日頭漸烈得竹林都快燒了起來，我有些焦躁不耐煩，正準備打道回府，看見阿發叔公荷鋤從田尾走出來。他走進蕃薯田後，舉鋤鬆土如同鐘擺。不一會兒山歌就響起來了，音調越唱越高，音域則在窄處徘徊，就如同阿發叔公身處在那小小的田角，使勁賣力的鋤呀鋤。我認真一遍又一遍的聽，覺得其中必有秘密，只是當時我的年紀太小，聽不出來。

是日傍晚，我佯裝在土地公廟與阿發叔公不期而遇，並告訴他今天不經意聽到他唱的山歌很好聽，請他教我。心想他勢必左右為難，竟沒料及他爽朗應諾。頓時，讓我鉤玄探秘的癮頭全消。

新打棉被十八斤，一心打來郎上京，六月天公拿來蓋，這擺一定汗淋身。

阿發叔公一字字又一句句教我唱。歌詞用客家話唸來，明白簡單，心想這也不是什麼咒語，聽著聽著就意興闌珊了。之後他再看見我，又告訴我這歌詞的意義很深，我不以為然。一年後阿發叔公做仙去了，這曲山歌已成絕響。

前些年，我和一位耆老談起客家山歌。他說，如今他只記得十八歲渡台前，在故鄉廣東聽到的那曲山歌。他開口一唱，我駭然一震，好像是在心中沉睡很久的東西忽然間甦醒了，那正是阿發叔公唱的山歌呀！

「你仰般就記得這條山歌呀！」我迫切的想知道，為什麼他只記得這一首山歌。

「汗淋，就係翰林啊！」他俯身用手指在桌上寫「翰林」二字，抬頭哈哈的笑了：「客家子弟毋驚辛苦正會成功。」

汗淋，翰林。原來這曲山歌，隱藏著意境深遠的諧音。歌詞中的妻子為赴京應考的郎君，打製了厚重的棉被，山長水遠，路途艱辛，六月酷暑，切切盼望夫君不怕辛苦，在汗水淋身中躋身翰林。我早懷疑這首山歌裏著奧秘，卻經過數十年才解開此謎。

那年正值女兒要參加大學聯考，妻問我要不要陪考，我說大可不必。她質問：有要事嗎？我說要唱山歌去。

石頭狗

客家莊養狗當作門禁，由來已久。三合院的老房，正門、東西廂、天井、後門總計五個出入口，白天門戶洞開，全不設防。土狗阿麗在我國中三年級時，來到我們家，由於牠的敏感，無形將我們家的私人領域擴張；又由於牠的無知，一不小心就將我帶回童年。

阿麗不宅，起初牠緊守門戶，一個月後，牠趴在離家一百公尺外的土地公祠旁，路人紛紛走避。阿麗自己劃定的地雷區，隨著日子範圍越來越廣，凡誤入禁區者，牠皆會以吠聲爆破，齜牙咧嘴如閃爍的火光。日子一久，鮮有人敢打從我們家前路過，幾乎很少再聽到牠的吠聲了。

星光燦爛的夏夜，堂弟見阿麗無聊，撿一顆石頭，往土地公祠方向擲去，然後嘴裡發出窸窸窣窣的聲音，如同風吹蘆葦。他以手指著遠方，向阿麗示意有陌生人入侵。沒想到阿麗不分青紅皂白，毫不思索就往漆天墨地裡衝了出去，吠聲由大至小，直到天亮才回來。一大清晨，我們家禾埕多了一支罕見的骨頭，不粗，但是很長。之所以罕見，係因為它超過農莊最大型動物牛隻身上的骨頭。阿麗在一旁百無聊賴，似乎事不關己，七八個長輩將阿麗的獵物團團圍住，端詳許久，卻講不出個所以然。後來，我請幾位同學到我們家鑑定，異口同聲說：此物出自遠古時代的恐龍。

阿麗究竟夜裡跑到那裡去了，牠從時光隧道裡往回走嗎？第二天夜晚，堂弟又拾起一塊石頭，往土地公祠方向擲去，阿麗見狀又旋往夜裡衝。天亮了，曬穀場出現一截似曾相識的水管。國小四年級時，武俠劇「保鑣」，劇中的女主角，美麗的三小姐趙燕翎，俘虜無數少男粉絲，偏偏在精彩的節骨眼，先總統蔣公過世了，停播一月。幾位同學以為從此再也無法看到她了，特別是阿寶，他說過長大後要娶三小姐為妻。傷心之餘，要我在書法課時，用一張作業簿紙，寫上：我愛趙燕翎。阿寶簽名後，把它放入一截水管中，團體活動課時，他獨自在學校焚燒中的垃圾堆旁，很認真的以火將水管兩頭燒軟，彌封。我看到他整臉通紅，滿臉汗水，一度以為是他傷心的淚。放學回家的路上，我們赤足涉水過新屋溪，他將水管丟在滔滔的溪裡流向大海，他要向大海明志，要愛趙燕翎天長地久，從今以後絕不再交新的女朋友。沒想到，五年之後，那截水管被阿麗找了回來。我開封後，發現那張誓言完好如初，但阿寶那個時候已在熱戀中。

此後阿麗經常一受慫恿或鼓譟，便傻不愣登的往前衝，牠幾乎忘了自己看門的本分。對我來說，雖然每一天都充滿回憶與驚奇，但時間一久，有竊賊知道阿麗的習性後如法炮製，我們家一度遭竊。再來就是父親了，他經常為了處理阿麗莫名的獵物不勝其煩。終於有一天，牠被父親禁足在茄苳樹下。

「石頭狗，人一喊就走。」父親用客家話，疾言厲色對著牠說。同時為牠釘製了遮風避雨的狗窩後，阿麗如同被關禁閉。

石頭狗，客家語，指的是沒有主見，容易被人使喚的人。我服務公職後，擔任機關首長，有一次和父親坐在禾埕上閒聊，他把阿麗的往事重提一遍。當下我認為是父親天南地北的閒話家常，豈料在如流的歲月後，回首時才發現父親寓意深遠。我曾經見過吃飯要叫人挺帳，手要拿人好處的公務員，終日對供養者俯首貼耳，甘願聽命別人的使喚，在不自覺中變成一條石頭狗。像阿麗，失去判斷的能力，最後身陷囹圄。

在飼養寵物流行的年代，路上被狗牽著走的人何其多呀。要去哪裡？幾乎都聽從牠的意見。石頭狗並非僅僅專指一條狗，客家的老祖宗，老早就對這一類的世象細節做了詮釋。

挨礱披波

螳螂，在中國文學史上，早已被形塑成螳臂擋車、不自量力的阿Q。在客家莊就不一樣了，螳螂入世被賦予靈性，出世被化為傳說。當你跟牠獨處的時候，牠還聽得懂客家話。

北部客家莊，向來以「挨礱披波」來稱呼螳螂。挨礱，客家語，指舊時農村以手推動磨石為穀去殼時，前推後拉挨來磨去的動作。披波，狀聲詞。客家莊的小孩都知道，螳螂會挨礱，當牠佇立凝思時，只要你對著牠說：挨礱披波。螳螂的前足就會依你講話的節奏，前推後拉。我屢試不爽，證明螳螂有人性，且擅於溝通。

我念小學時，客家莊已有家庭用的小型碾米機。再早之前，碾米皆委託保生廟廟口旁的專業碾米廠。挨礱披波的螳螂式碾米，我始終都是藉著螳螂前推後拉的動作來揣摩想像。一個盛夏的夜晚，我在阿土伯的土厝前，撞見一隻與眾不同的螳螂，芳草碧羅裙之外，灰褐色的前半身斑點如豆，如同老人身上的老人斑。我蹲在門檻前逗著牠玩，阿土伯佯裝沒看見。翌日，天剛露白，我又串門前去，想要找昨夜的那隻螳螂時，我突然聽到阿土伯在後院的穀倉大叫：是誰來我們家挨礱了？我聞聲趨前，一看那場景雜亂不堪，穀倉外散落一地穀子。地上一堆白米，一堆米糠，彷若昨夜真的有人來過。

「你昨暗來這个時節，有看著外人無？」阿土伯若帶驚惶的問我，昨晚我來這裡時，有沒有看到陌生人。

「無呀，就看到一隻挨礱披波。」我抽了一口氣，怯怯的應他，旋即凝在片刻的靜默裡。

「該一定係你大伯公轉來挨礱啦，昨日下晝正看著佢在番薯田啊！」

阿土伯好像一切已經水落石出似的，彷若我死去的大伯公，也就是阿土伯的父親，昨夜真的化身螳螂回來挨礱了。他說得順理成章，還說昨天下午就在番薯田看到他了。這事讓我驚恐困惑，我想起了昨晚那隻長滿老人斑的螳螂，前半身的膚色，確實像極了死去大伯公身上的老人斑，心中不禁打起了咯騰。

死去的親人，化身昆蟲的形象回厝省親，或暗中協力耕作，在客家莊就如同神話難以稽考，但我們小孩子，卻對這般耳食之談深信不疑。諸如前所未見的大飛蛾，為一盞路燈慕光而來卻徘徊不去。或像是神桌上的祖先牌位後面，竟長期躲著一條氣定神閒的泥蛇，這些罕見的異象經常被大作文章，幾經穿鑿附會後讓人瞠目結舌。我聽說過莊裡有一位葉姓的屋主，一覺醒來，發現死去的老奶奶依生前慣例，已在清晨回來餵雞，雞群們在飽肚後毫無胃口。又像是乾巴巴的菜園，在夜裡無端的被人引水入田。所有的傳說，在大人們推波助瀾下，教我們這些調皮的小孩子，凡事要懂得敬畏，切莫妄動做起歹事，因為有一雙眼睛，正以他者的形態，眈眈向著你看。

挨礱事件我親身經歷，過程情境逼真，我把這事一五一十的告訴同學，將那隻螳螂的外表，植入他們的感官系統，刺激渠等的中樞神經，同學們各個面容怖懼。說也奇怪，那年暑假阿土伯的蕃薯田，歷年來層出不窮的偷挖竊盜不再發生，客家莊治安大好，自此民風純樸。幾年後，我又碰過一次類此色澤的螳螂，我還叫了牠一聲「大伯公」。到了後來次數越多，發現此類的螳螂大小盡有，就不禁對阿土伯的說法存疑了，更懷疑當年那一幕場景，極可能是他故佈疑陣。

不過，我終究沒刨根究底問個明白，當我越來越懂事的時候，我覺得答案已經沒那麼重要，那隻螳螂早已不在了。畢竟對付防不勝防的宵小，與其在客家莊撒下天羅地網，還不如讓一個挨礱披波的故事，發酵成教化人心的傳說。

認哀

女兒念幼稚園時，妻為了她上學一事傷透腦筋。好不容易連哄帶騙，到了校門口，她卻使出渾身解數。哭聲狂轟濫炸，驚動整座校園。她頭似蚯蚓，使勁的向妻懷裡鑽。四肢拉長，往妻纖細的腰身緊緊纏去，如同章魚的擁抱。結局總是千篇一律，妻把她抱了起來，老師強拉過去，然後妻狼狽逃離現場，上班就快要遲到了。

我確信這是一種分離的焦慮，女兒對妻有一種難分難捨的依戀情結。我也曾經有過上學的困擾，領略過這種分離的焦慮。但情況恰巧相反，因為我喜歡上學，阿丹卻死纏著我，不讓我離開。

四年級時，一個早春的凌晨，我在雞舍微弱的燈光下，看著阿丹破殼而出。牠像是靈媒，一會兒閉著左眼，張著右眼。一會兒又張起左眼，閉上右眼。當牠的雙眼同時睜開，我傻愣愣的與牠對望數個小時之久，直到天亮都未被母親發現。

阿丹是個女的，牠三個多月大時，只要一看到我，便會亦步亦趨跟我屁股。起初我不以為意，直到有一天，我背起書包要上學時，在曬穀場遇見了早起覓食的阿丹，牠晃搭著身子向我這頭跑來。是日我因右腳有疾，未加理會。怎料我走了一段路後，發現阿丹竟然跟在後頭。我翻過頭來要趕牠回去，四下無人，牠卻與我對峙不從，我看牠蹬腳把身子抬高了，那腿的曲線有力的美感，像是一個穿了高跟鞋的女人。心想，只要我不理牠，一會兒後，牠應當會自討沒趣回家去。我續蹣跚趕路，佯裝若無其事。少頃，止步，屏氣，偷偷的往後方瞅了一眼，牠晃盪晃蕩的身影，霍然撼動了我的身子，我差一點就栽了跟頭。

牠絕對不能跟著我上學去。這事如果被口輕舌薄的臭阿寶發現，必是見獵心喜，會把母雞跟著葉國居一同上學這件事，散播到世界各地，預料多年以後，這事件必將載諸客家莊史。但無論我如何趕牠都徒勞無功，我抓起了竹枝要打牠，牠無所畏懼杵在那頭。我彷若在牠的眼神中，看見了一種無以名狀的分離焦慮。我投降了，坐在石頭上嚎啕大哭了起來。阿丹一臉無辜，最後是母親趕來解圍。

「你認哀啊！」母親又好笑又好氣罵阿丹，她把阿丹抓起來，只見牠拼命的想往我這裡掙脫，咕咕的打鳴。

認哀，客家話，認母親的意思。哀，就是母親。母親說阿丹把我當成媽媽了。我心想，阿丹媽媽是老母雞不是葉國居呀，怎麼會認我當起媽媽來呢。當時我還是個小男生，對這事十分介意，此後我刻意的與阿丹保持距離。數十個年頭來，我始終不解，阿丹為何要認我為哀。

最近，「好客棧」社團林敬哲先生在臉書發文，提及動物界的「印痕行為」，當一個幼小動物，出生以後接觸到的第一個視覺，將會常駐腦海，並把所見過第一個會動的東西當成媽媽。這是諾貝爾得主勞倫茲的印痕學說，終於讓我心中多年的迷團如霧散去。那年，我看著阿丹破殼而出，與牠癡癡對望，我在那數個鐘頭裡，成為阿丹的印痕對象，也在不經意間變成了牠的媽媽。一隻小雞的印痕行為在幾個小時間就完成了，而人類印痕行為時間較長，女兒出生後，妻長時間乳她、陪她。莫怪我老早就發覺，在阿丹和女兒的眼神裡，那種依戀情結的分離焦慮如出一轍。

我十分篤定告訴妻，當我還是個小男生時，就有一個女兒了，牠的名字叫阿丹。她說我得了妄想症，該去看醫生了。

惜江上

老家後院有一口井，父親至今仍保有客家傳統，初一、十五會至井邊燒香拜神。在我心裡，父親拜的不是井神，而是江神。

年少時一個春日，父親從田溝中抓了一條七星鱧。客家人把這種魚叫做「羊公仔」，牠的尾鰭基部有一個圓斑。依照父親的說法，當年土地公迷路了，是羊公仔帶祂回家的，土地公為了酬謝羊公仔，在牠的尾鰭，蓋了這個圓斑如瓦當的印記，此後代代相傳。這條七星鱧在父親的手中左彎腰，右彎腰，急切的渴望回到水裡，父親順勢就將牠扔進了井中。「噗通」一聲，我譁然，往井中一看，漣漪漸小、漸無。羊公仔被禁錮在窄窄的井中，沒有出口也沒有入口。我屢屢會無聲無息，悄悄的掀開水泥製的井蓋。探頭，輕聲呼喚，羊公仔，你在那裡？出來好嗎？向來，我只聽到自己的回音。

客家人相信，羊公仔會吃落水的昆蟲以保護水質。牠會挖洞，讓泉水四時不絕。但羊公仔獨自窩在井中小小的天地，必定孤單，如同辭海中冷門的辭彙，被遺忘在某個頁張的暗角。我曾經夢見了牠，生了很多的小體子。高三那年，客家莊遭逢百年第一旱，井水下探，父親乘時清理。抽水機轆轆轉動著，父親緣繩而下，我在井邊依其指令，化整為零將碎石以桶拉上岸來。父親遍尋不著羊公仔，也沒有小體子的消息。就在這時，他突然發現井底左右，各有幽一穴，如拳頭般粗，泉水偶冒氣泡，像是眾魚唼喋、喧嘩。他向上看了右穴，又向下看了左穴，囿於眼力所及，父親停了下來。靜聽，彷若從暗中傳來眾魚彎腰打水，啪啪啪微弱的聲音。父親斬釘截鐵的說，當年的羊公仔，就在地底下的某一個段落。速速囑我去後院的堆肥中挖了蚯蚓數條，父親將其置之於穴。嘴中念念有辭，右手的要給大羊公仔吃，左手的要給小羊公仔吃。

自此，我確信那一口井下，有一條幽幽遠遠的江，是看不見的江。那井小得僅能容父親一個人旋身，也只有在那個位子的人，才能領略江長江遠。我想一窺究竟，卻為父親拒絕。我一直盼望會有這麼一天，等我長大了，大旱，井枯，也輪到我去清理，去探幽幽之江，去訪羊公仔。沒想到幾十年過去了，自來水這幾年普及客家莊，後院的井水很少取用，長年處於豐水期，我與羊公仔似乎漸行漸遠。

工作後定居台中，每逢假日回鄉，一雙兒女總是興奮，他們蝸居城市的鳥籠，日日嚮往寬闊飛翔。我父我母惜花連盆，對小孩更是百般呵護，讓他們享盡了帝王之尊。兒女上大學後，功課多了，朋友多了，與我回老家的次數漸少，父母親似乎在歡喜中帶些失落。上星期，母親知道我要獨自回家，一大早就去田裡摘菜，和父親坐在井邊挑著。當我回家時，帶了他們愛吃的東西，叫了他們。母親笑著以客家話說道：

大家惜江下，你惜江上。

我一時無法領會話中意，又在一個念頭間開通了。惜江下，客家語，指的是父母對子女的愛，是向下流的愛。惜江上，是指子女對父母的愛，是向上流的愛。

父親就靜靜的坐在井邊，我想起井底下那條看不見的江。在具象之外，人世間也有一條抽象的遙遙之江呀！三十多年後，我感覺自己代替了父親在井中那個位置。眼力有限，人生有限，而歷史的長河幽幽無涯，就我們所能看到的，向上向下都要照拂。愛父愛母，要和愛子愛女一樣多。

客家人的惜江上、惜江下，其實就在上有高堂，下有妻小的當下體會最深。再遠的幾個世代，如果想得太遠，扯得太多，那就在大化之外了。

食魚屎

大學時我在台中唸書，有一年暑假回鄉，阿婆正在禾埕曬米。曬穀的禾埕，怎麼又曬起白米來呢！趨前乍見，如同小山丘的白米堆上，爬滿了米象蟲，牠們在太陽光的照射下，向四面八方逃竄。這是我見過阿婆所曬的白米中，被米蟲蠹食最嚴重的一次。

客家人把這種米象蟲稱作穀牛。穀牛也有牛脾氣，陽光初照，牠會頑強對抗，性情固執的守住江山，盤旋不走，俟陽光漸烈難耐，方才疾疾奔逃。穀牛的身子在米上黑白對立，攢蹙的米粒表面凹凸不平，我小時候就發現，穀牛在米上逃命時的動作，與水牛在打架跳動追逐的姿勢雷同。我言之鑿鑿，可是沒有人願意相信我的說法。

穀牛蠹食過的白米，僅能飽肚，談不上營養香甜美味。沒有人喜歡穀牛，偏偏阿婆這一生，卻與穀牛糾纏不清，刨根究柢是出自客家人的勤儉刻苦。穀牛在穀倉中繁衍，陳年的舊米，更是積牛滿倉。從穀倉到廚房的米缸，穀牛日夜滋長，代代相傳，這短短的十來公尺，也是張羅三餐的阿婆，日日來回必經之地，彷若在這個範圍裡，時時刻刻都能聽到牠們攻城掠地，得意忘形，進而大吹牛皮的聲音：我又有一座新的江山啦！

「米放恁久做麼个？」我突然忍不住問阿婆，米幹嘛要放這麼久。

「新米要賣呀！舊米留下來自家食，你敢毋知？」阿婆幾近反問的語氣回話。其實，這個模式像會傳染擴張，在這個小小的農莊變得順理成章。她更直朗朗對我說道：「打魚儕食魚屎。」

打魚儕食魚屎。客家語，儕，人也。意思是說，打魚的人要先把好的漁獲拿去賣，自己吃賣不出去的魚。阿婆這麼一說，我細細反芻過往，似乎我們早已吃慣了賣不出去的瓜果，以及長得其貌不揚的青菜。間有些時候，阿婆會把病得奄奄一息的雞鴨，趕在牠們還沒斷氣前就先下手為強，讓我們不在祭典的節日裡，也能感受到一份小確幸。如果依「食魚屎」的說法類推，我不知道已經吃了多少的雞屎鴨屎瓜屎果屎米屎。明明已經司空見慣了，卻不知道為什麼，那日，我對阿婆「食魚屎」的說法，偏偏在意了起來。

「偲伲又毋係食屎个！哪又恁樣个事。」我對著阿婆說，我們又不是吃屎的，似乎也為如此刻苦的生活抱怨。什麼時代了，種田人也應該要對自己好一點。

「祖先教下來就係恁樣呀！」阿婆緩緩的這麼說。

是那個祖先教的呀！立下這樣食屎的典範。幾年前，我在日本共存社出版的「東亞共榮圈」一書中赫然發現，相傳客家民族為越王句踐的後裔。頓時，心中驚駭莫名。當年吳越交戰，句踐淪為吳王夫差的囚僕，屈居石洞，在范蠡獻策下，他裝乖又大獻殷勤。有一天吳王病了，句踐來到宮外請安，見侍者端著吳王如廁後的便盆走出，旋即趨前請求欲嚐吳王之屎。還沒等人答應，句踐即伸手取之而嚐，並斷言吳王之疾將漸入佳境。吳王大悅，直說句踐真是個大好人呀！後來吳王果真病癒，便讓句踐住到宮裡來，最後還釋放了他。很顯然的，句踐在食屎中嚐到了香味，並成就了其後的英雄事業。

阿婆已經不在了，我很想問她究竟是否聽過這個歷史故事。如果聽過，那當年她說的話可寓意深遠了；如果她沒聽過，就一笑置之吧！畢竟，雞屎鴨屎瓜屎和米屎，都不是真的屎，相較句踐在食真屎中嚐到的甜頭，身為客家子弟，再怎麼勤儉刻苦，都是應該的啦！

爾後，如果我兒我女，再嫌桌上的菜餚，我會鄭重的用這些事來告誡他們。

笑微微

客家話中有一個詞彙「笑微微」，用來形容微笑的樣子。在我的眼裡，微微，不是微笑的加乘，這種微笑被開了根號。比微笑還小，淺不易見。如同成語中的一葉知秋、見微知著，要有高度敏感力的人才能領略。

依我之見，把「笑微微」表現得最淋漓盡致的，不是一個傾城傾國的客家美女，而是一頭刻苦耐勞的客家莊水牛。

六〇年代，客家莊牛隻眾多，幾乎家家戶戶都養了牛。黃牛性梗，對小孩友善；水牛性奸，專事霸凌。這個說法是信而有徵的，我小時候做過一份民調，十個看牛的小孩，有九個被水牛欺負過。沒有大人在的時候，牧童就顯得勢單力薄，要獨自面對水牛難以捉摸的牛脾氣。從牛鼻環到小手心之間，一條繩子經常會抽動牧童敏感的神經，像拉炮，一拉就爆破。

第一種是直接霸凌。水牛會當頭對面，冷不勝防以雙腳跨前，整個牛頭向牧童的身子一甩，牧童在跌落的瞬間，手中的牛繩鬆脫，牠的鼻孔仍哼哼噴氣，偌大的牛眼狠狠瞪著。第二種是間接霸凌，明明牠在啃草，當有異性從遠方出現時，牠會以蠻荒之力往那裡奔，牧童拉住牛繩，經常被拖著走。祖父生前親自主持分家，身為長孫的大哥，依客家習俗分得一頭母牛——阿憨，可是看牛的工作大部份落在我的身上。一條長長的牛繩，繫住我漫漫童年。

我曾經也是阿憨霸凌的對象，自知瘦弱無力對抗蠻荒，就像雙手無法擋住水壩一樣，最終我以小伎倆來為自己消災解厄。一個熱暑的午後，我依例牽牛吃草，在兩旁植滿茄苳樹的牛車路上，與阿寶他們家的公牛狹路相逢，兩條水牛極其敏感的躁動起來。我心有戒懼，但礙於牛不吃回頭草，阿憨如果沒吃飽，就算天黑我都沒辦法回家。我和阿寶都沒有往回走的想法，有可能是抱著姑且一試的心態。當牛隻靠近的時候，我們本來牽著牛，突然變成被牛拉著，僵持了十公尺之遙。就在千鈞一髮之際，我卯力一拉，把牛繩繞在路旁的茄苳樹幹打了死結，面對慾火焚身的牛隻轉頭攻擊，我爬到樹上避難，等待大人救援。阿寶也是如法炮製，倖免於禍。

為什麼要阻止牠們的想望呢？設若阿憨懷孕了，將無法勝任繁忙的農事，畢竟在客家莊，養牛不是為了賣牛。又初生之犢不受教，往往任性不受控制，踩爛農作物造成農損。雖然，那日我掌控了局面，但也憂心阿憨下次舊地重遊時，會勾起傷心的過往，轉而向我報復。事件過後，我幾乎隔了一個月，才帶著阿憨重回事發之地。我全神貫注緊盯著阿憨的一舉一動，牠啃著青草，忽焉停下來片刻，又重複啃草，忽焉止住，像是在思考。我好奇蹲下一望，駭然發覺阿憨在抿嘴的瞬間，露出了微笑的曲線。牛原來會笑，只是相對牛的臉長，那樣的微笑顯得微乎其微。那就是客家話的笑微微。

阿憨應該是想起那次美麗的邂逅吧！此後，每一次阿憨焦躁不安時，我就會帶牠來這裡啃草，「笑微微」屢試不爽，想起情人就有好心情。

第二年的一個夏夜，阿爸把眾兄弟叫醒，要我們到牛舍瞧瞧，我在牛圈的門口怔住了。哇，今夕是何夕呀！怎麼多了一隻剛出生的小公牛。是誰沒有把母牛看好的？三兄弟面面相覷後，我率先打破沉默：我看牛的時候，有替阿憨守住防線喔！

大賊牯

我們家世代務農，從未出現一個像神農氏這般的名人，但有一帖名藥，名揚客家莊。這是一帖青草藥，不是祖先嚐百草精心研製的祖傳秘方，而是來自一個素不相識的人傾囊相授，母親喚它為「鐵釘藥」。

鐵釘，名字硬梆梆，故事彎彎繞。按照母親的說法，我出生後就沒見過面的阿太，一大清晨，聽到豬舍傳來豬隻的叫聲，他以為是大豬欺負小豬，不以為意。那個年代，客家農莊家家戶戶都會養幾頭豬，大小交替。賣掉大豬後，旋即購入小豬補缺。大豬小豬同舍，小豬被欺負，是司空見慣又代代相傳的事。

阿太怔了半晌，直覺那小豬叫聲異常。起身，往豬舍方向探去，一時鬼影幢幢。他趨前欲探究竟，驚見一個黑衣人，徒手以肩扛了一隻小豬疾疾奔去。那豬叫得像挨了刀似的，阿太緊追不捨。可能年紀大了，豬叫一聲，他喘一回。眼看就要追上了，那隻豬一時屎尿全出，滑過黑衣人的背脊，落地後被阿太踩著了，一不小心栽了跟頭，小腿被鐵釘刺上了。阿太驚天一呼，喝住了小豬叫聲，黑衣人裹步了，見阿太血流如注，起了憐憫之情。告訴阿太，剛剛他跌倒時，手掌壓住那一種青草，連莖帶葉，以石擣碎，敷在傷口便可化膿止疼。黑衣人帶著豬隻揚長而去，頻頻回頭叮嚀阿太，這種草藥必須密而不宣，否則會失其效力。

第二天，阿太腳紅腫如球、積膿不退。那個年頭要去鎮上看醫生並不容易，於是喚我母親前來。

「昨晡日該個大賊牯，講个藥草，你去摘轉來。」阿太怯怯如是說。他要母親依照黑衣人的說法如法炮製，但心裡仍不免罣礙。

賊牯，客家語，指的是男性小偷，但是「大賊牯」就不一樣了，大賊牯是客家人眼中，強行掠奪別人財物的大盜。加上一個「大」字，意義便完全不同了。那個大賊牯，大剌剌又大搖大擺揚長而去，留下來了這帖藥，阿太死馬當活馬醫，把它敷上了。讓人驚奇的是此藥如有神力，半日化膿、一日退腫。阿太交代我父我母，謹記大賊牯的教示，不得張揚。此後，凡我莊人，患有類此紅腫積膿之疾者，上門索藥時，母親一定會在不為人知的情況下，摘取後以石擣碎，讓外人無法辨別。藥效遠傳之後，加上我們家的免費服務，屢屢應接不暇。

我對藥草沒興趣，但對故事很好奇。壓根兒不想去瞭解那植物的長相，復以母親的提防，始終無從得知，只知道那藥草，帶有毛茸茸的形象。有一回在學校，同學腳踝紅腫積膿，我找了毛茸茸的草，自告奮勇擣碎後幫他敷上。沒想到第二天，那個同學便沒來了，聽說緊急送醫去了。驚覺大賊牯所言不虛，這藥草還真不能給太多人知道。

事件之後，我不敢再擅自為人醫病，但還是對阿太的故事好奇，母親每講一回，我便想像一回，屢問不厭倦。母親深怕我對故事太著迷了，從小腦子裡，總是堆滿怪誕不經的事。她受日本教育，為了讓我不要鎮日活在故事裡，於是又告訴我一個「大風吹來桶店生意好」的日本典故。意思是說，大風吹來，揚起了風沙，風沙吹進人們的眼睛，許多人因此瞎了，瞎子們紛紛學彈三線琴賣唱為生，而三線琴的琴腹需要貓皮製作，許多貓就被殺了，無貓可捉老鼠，老鼠便囂張起來，咬壞家戶的木桶，桶店的生意自此興隆。

我一時會意不來，這個故事幾乎毫無可信度，但隱隱覺得，鐵釘藥和大風吹的故事，同樣曲折離奇。稍長，漸漸懂得思考後，才發現這樣的機率微乎其微。天下哪有這麼巧合的事呀！就如同我胡亂把毛茸茸的草當作藥方，要治癒同學腳疾是那麼的不容易！想必這兩個故事，都是腐叟胡謅，亂掰一通，滿足了小孩子聽故事的渴望。不過，這鐵釘藥，真的有奇效。

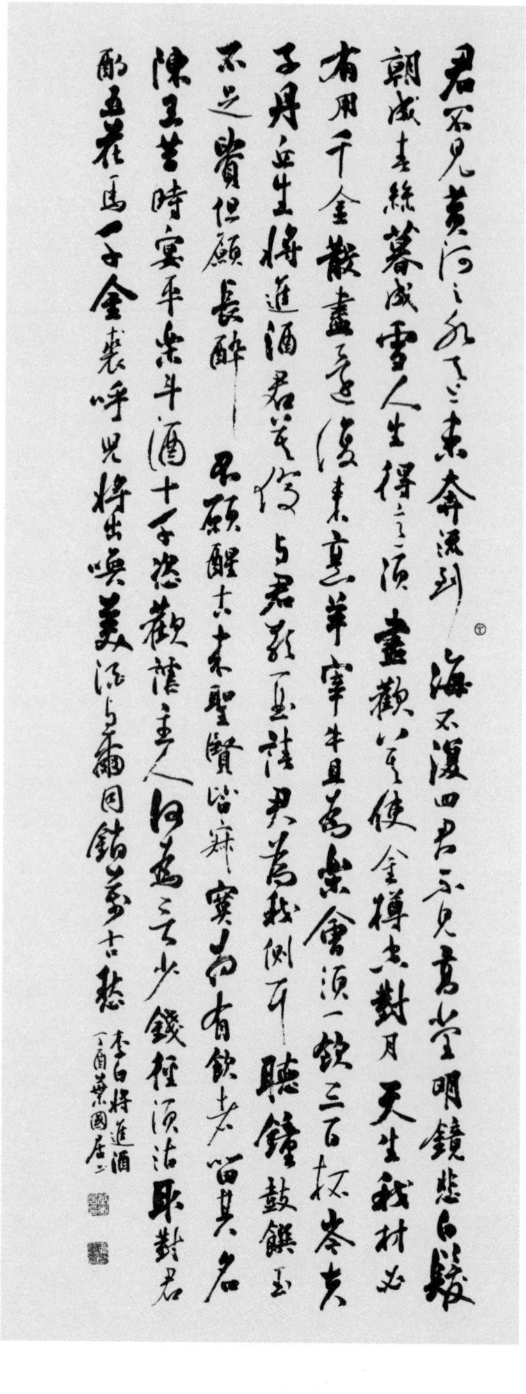

李白〈將進酒〉
丁酉　葉國居

君不見，黃河之水天上來，奔流到海不復回？
君不見，高堂明鏡悲白髮，朝如青絲暮成雪？
人生得意須盡歡，莫使金樽空對月。天生我材必有用，千金散盡還復來。
烹羊宰牛且為樂，會須一飲三百杯。岑夫子，丹丘生，將進酒，君莫停。
與君歌一曲，請君為我側耳聽。鐘鼓饌玉不足貴，但願長醉不願醒。
古來聖賢皆寂寞，惟有飲者留其名。陳王昔時宴平樂，斗酒十千恣歡謔。
主人何為言少錢，徑須沽取對君酌。五花馬，千金裘，
呼兒將出換美酒，與爾同銷萬古愁！

聯合文叢 615

客家新釋

作　　者／葉國居
發 行 人／張寶琴

總 編 輯／李進文
責任編輯／黃榮慶
資深美編／戴榮芝
實習美編／陸承愛
業務部總經理／李文吉
行銷企畫／許家瑋
發行助理／簡聖峰
財 務 部／趙玉瑩 韋秀英
人事行政組／李懷瑩
版權管理／黃榮慶

法律顧問／理律法律事務所
陳長文律師、蔣大中律師

出 版 者／聯合文學出版社股份有限公司
地　　址／(110)臺北市基隆路一段 178 號 10 樓
電　　話／(02)27666759 轉 5107
傳　　真／(02)27567914
郵撥帳號／ 17623526 聯合文學出版社股份有限公司
登 記 證／行政院新聞局局版臺業字第 6109 號
網　　址／http://unitas.udngroup.com.tw
E-mail:unitas@udngroup.com.tw

印 刷 廠／瑞豐實業股份有限公司
總 經 銷／聯合發行股份有限公司
地　　址／(231)新北市新店區寶橋路235巷 6 弄 6 號 2 樓
電　　話／(02)29178022

出版日期／ 2017 年 08 月　初版
2017 年 08 月 7 日 初版 二刷
定　　價／ 330 元

ISBN 978-986-323-222-3（平裝）《本書如有缺頁、破損、裝幀錯誤、請寄回調換》

國家圖書館出版品預行編目資料

客家新釋 / 葉國居作 .-- 初版 .-- 臺北市：
聯合文學，2017.08

288 面；公分 . --（聯合文叢；615）

ISBN 978-986-323-222-3（平裝）

863.4 106010811

客家新釋 讀者抽獎回函卡

《臺灣限量 青花瓷文具組》等多項好禮等你抽！

姓名：　　　　　　　　生日：　　年　　月　　日　　性別：□男 □女

地址：□□□____

電話：(日)______________　（夜）______________ 手機：________________

學歷：____________________　在學：________________________

職業：____________________　職位：________________________

Email：____ (必填欄)

您願意讓聯合文學提供叢書書訊給您嗎？ □願意　□不願意

活動獎項：

首獎　臺灣限定 青花瓷文具組【秋菊】…………………………………… 1名
首獎　臺灣限定 青花瓷文具組【冬梅】…………………………………… 1名
貳獎　《來去花蓮港》……………………………………………………………3名
參獎　《妻的容顏》………………………………………………………………3名
參加獎　「玫瑰花胸針」羊毛氈DIY材料包…………………………………10名

填妥本書內附回函卡在2017年9月29日前(以郵戳為憑)寄回本社參加抽獎，就有機會獲得「臺灣限定 青花瓷文具組(價值2,250元)」等其他多項好禮。

（請沿虛線剪下）

注意事項：

* 本活動將於2017/10/6中午12點30分，於FB聯合文學官方粉絲團公開直播抽獎。
* 因限於寄送作業與運送成本，活動獎項寄送對象僅限於居住在台、澎、金、馬地區之讀者。
* 本活動一律採取郵寄方式收件，不接受傳真或e-mail。
* 讀者回函卡資料請以清晰正楷字體書寫，資料無法辨識者，視同棄權。若回函卡資訊填寫錯誤，造成商品寄送遺失，恕不補發。
* 每人單次得獎獎項市價超過新台幣1,000元(含)以上者，承辦單位依法申報。得獎人應自行負擔10%之機會中獎所得稅，由承辦單位依法辦理扣繳。若未繳交，視同放棄。
* 中獎名單公布後，中獎者如公布後一週內未收到中獎通知，請於公布後15天內主動來電告知，逾期即視同放棄中獎權利。
* 得獎者未於時間內回覆相關中獎資料、未依約填寫或繳納稅款者皆視為中獎權利本活動不會再進行候補中獎者抽選。
* 參加本活動之同時，即同意接受本活動之活動辦法與注意事項之規範，如有違反，主辦單位得取消其獲獎資格。
* 獎品以實物為準，不可更換為其他商品或兌現。
* 主辦單位保有變更活動、獎項內容之權力，一切公告以網站為主。
* 若對本活動有任何疑問，請洽02-2766-6759#5104。

詳細辦法及注意事項請依FB「聯合文學粉絲團」公告為主。
聯合文學官網http://unitas.udngroup.com.tw

感謝您填寫本回函卡，聯合文學與您共享閱讀之樂！

尚羽堂

聯合文學
客戶服務專線：（02）2766-6759
聯合文學網：http://unitas.udngroup.com.tw

廣　告　回　郵
北區郵政管理局登記
證北台字7476號
免　貼　郵　票

聯合文學 出版社股份有限公司　收

110 台北市基隆路一段178號10樓

10F,178 KEELUNG RD.,SEC.1,
TAIPEI.(110)TAIWAN R.O.C.

（請沿虛線對摺後寄回，謝謝！）